天野千尋

ミセス・ノイズィ

実業之日本社

実業之日本社文庫

目次

1

外観を眺めた時、このマンションは無いな、と瞬時に思った。

幼稚園の玄関のようなエントランス、田舎のラブホテルを思わせる壁の配色、檻《おり》のような螺旋《らせん》階段。バブル期に建てたであろうそのキッチュな佇《たたず》まいは、あからさまに築年数以上の古臭《くさ》さを醸し出していた。心が華やぐ要素は一つもなかった。

梅雨の中休み、むっしりと曇った午後だった。私と夫の裕一《ゆういち》は、田園都市線《でんえんとしせん》沿いのとある駅周辺の物件を見て回っていた。

結婚前に住み始めた渋谷区《しぶやく》のマンションは、娘の菜子《なこ》が五歳にもなるといよいよ手狭になってきている。そろそろ引っ越そうかと考え始めた時、私の実家にほど近いこの街が候補に挙がった。

「お義母《かあ》さん、嬉《うれ》しそうだったね」

と裕一が思い出したように笑った。

午前中、実家に一人で暮らす母を訪ね、近くで物件を探す旨を伝えた。母は「あらそう」と平静を装いつつも、明らかにテンションが上がったようだった。帰りがけ、唐突に「じゃこれ、引っ越し祝いに」と封筒に包んだお小遣いを渡してくれ、「まだ気が早いよ」と断ると、「じゃ軍資金にしなさい」と強引に押し付けてきた。その様子が妙に可愛《かわい》らしく、私も思い出して、ふと口元が緩んだ。

母が喜ぶのはもちろん私も嬉しい。さらに、何よりもの収穫は「こっちに越して来たらいつでもなっちゃん預かるわよ」と言って貰えたことだった。私にとって、今回の引っ越しの一番の目的はそこにあるのだ。

不動産屋の気さくな青年に案内され、私たちは一軒目、二軒目と見て回り、三軒目に訪れたのがその古臭いマンションだった。全く気乗りせぬまま、青年に促されて仕方なく中に入った。

するとその印象は一変した。

玄関から足を踏み入れた瞬間、セピア色に熟したような香りがツーンと鼻をかすめ、脳の奥がチクリと刺激されるのを感じた。それはどういうわけか、子供の頃に埼玉《さいたま》の親戚の家に遊びに行った記憶をにわかに呼び起こした。遠い夏休み、黄色味がかった畳の上で読んだドラえもんや、真っ黒に日焼けした従兄弟の腕に生えていた産毛や、氷が溶けて薄まったグレープフルーツジュースの味やらが、次々とリアルな感触を伴って蘇《よみがえ》り、二十年以上忘れていた高揚感で身体が騒《ざわ》ついていることにびっくりした。

こうした体験は過去にも時々あった。とある瞬間に、目に入る景色や、鼓膜から伝わる音や、鼻に響く匂い、そうした刺激によって脳みそがふいに動き出し、思いがけず妙案をひらめいたり、遥か遠い記憶が蘇ってくることがある。それは、物書きにとって何よりも貴重といえる瞬間で、それを得るためなら、私はどんな手段でも尽くしたいと思っている。

この物件は、まさにそんな瞬間の宝庫だった。

玄関から短い廊下で繫《つな》がるダイニングキッチン、その奥の広めのリビング、東側の寝室に適した部屋、どこもかしこも決してモダンな作りではない、というより、かなり古めかしいのだが、そのノスタルジックさこそがビシビシと脳を刺激してくる。私はタイムスリップの扉を開けたかのような心地で、胸を弾ませて歩き回った。

「水回りはバッチリリフォーム済みです」と青年が言うように、トイレや浴室はそれなりの清潔感が感じられた。広さや価格面を考えても、家族三人で暮らす物件としては申し分なかった。

そして何よりも、この南向きの部屋だ。

時刻はちょうど午後二時頃だったと思う。曇りにもかかわらず、部屋全体がふんわりと明るい光に包まれて、まるで別世界に入ったようだった。室内に漂うやわらかな空気は、長い年月をかけて太陽の光をたっぷりと浴びてきたような充足感と生命力が感じられた。二、三歩進んだだけでぞわぞわと全身が粟立った。

ベランダはさらに良かった。四階とは思えぬほど視界がひらけている。西側の丘の斜面に沿って家々が模様の如く屋根を並べ、その間を縫うような濃い夏の緑が目に刺さる。近くに公園があるのか、子供たちの高い声が蝉《せみ》の音に重なって届く。通りにはごくありふれた人々が行き交い、近所の挨拶《あいさつ》を交わす光景なども見える。見上げれば風景画のような雲が、太陽を包み込んで虹色に光っていた。

書きたいこと、書くべきことが、頭の中に次々と湧き上がってきて、私は咄嗟《とっさ》にスマートフォンを取り出し、忘れぬうちにメモを取った。そこで感じる全ての刺激が、自分の脳みそにとってとてつもないカンフル剤で、もうアドレナリンが抑えきれず、あああ、これはどうしたら、と軽くパニックになったその時、雲の隙間からちょうど太陽が顔を出し、眼下の街並みがキラキラ輝く光に包まれる、という奇跡まで目の当たりにしてしまった。

こんなことは、一生に一度かもしれない。

胸も脳みそもいっぱいになった私は、気づけばボロボロと涙を零《こぼ》していて、ベランダに出てきた裕一がギョッとした顔で「わっ、どうした？」と尋ねてきたが、自分の言葉で説明できるとは思えなかったので、返事はやめた。

その代わりに「この部屋がいい」と強い意思で伝えた。

もう、私の心は固く決まっていた。

ここに住めば、この数年の間じりじりじりじりと下降を続けてきた人生が上向く。上昇気流に乗って高く羽ばたける。そんな確信があった。


そもそも引っ越しの段取りを始めた先月から、何やら人生が動き出すような兆しを感じることがあった。

初っ端《しょぱな》に、不動産屋に立ち寄った帰り道、駅前で五年ぶりに南部《なんぶ》さんとばったり出くわした。

南部さんは私のデビュー作と二作目の担当で、以前は頻繁に連絡を取り合う仲だった。その頃すでに編集者として実績をあげていた南部さんから、新人で素人同然だった私は、作品のこと業界のこと将来のこと、テーマの深め方やストーリーの磨き方まで、一切合切を教わって、思考の原点を築いた。

しかしその後、私がいわゆるスランプに陥って何も書けなくなり、向こうは折々に気にかけて「ブレストしましょう」などと誘ってくれるのだが、すっからかんの自分を晒《さら》して幻滅されるのが怖く、またそんな状態で忙しい彼の時間を割いて貰うのも気が引けて、のらりくらり言い逃れているうちいつしか連絡もこなくなった。一度そうなると改めてこちらから相談もしづらく、悔やんでも後の祭り。十年ほどの作家人生で唯一の信頼できるパートナーをみすみす失ってしまっていた。

その南部さんがその日、まるで私を待っているかのように改札横で佇んでいた。人を安心させるような髭《ひげ》も、茶色のマーブル模様の眼鏡も、以前と全く同じで、私は懐かしさに思わず笑みがこぼれた。

南部さんは別の人を待っていたのだが、どういう偶然か急にドタキャンのメールが届いたとのことで、それならばコーヒーでも、と久々に二人で喫茶店に行く流れとなった。

席に着くとすぐ、私は疎遠にしていた数年間を詫《わ》び、書けなくなっていた苦しみを率直に打ち明けた。南部さんは眼鏡を外し、さも可笑《おか》しそうにはは、と笑って、おしぼりで顔を拭きながら、そんなことは気にする必要ありませんよと答えた。それを見た私は、ずっと喉に刺さっていた小骨が取れたようにスッとした。

そこで思い切って、今こういった構想を練っているがどう思いますかと意見を求めてみた。すると彼は、それならさらにこんな要素を加えると深められるのでは、とフランクに話を広げてくれた。着々と打合せが進み、それでは冬頃の月刊誌への掲載を目指しましょう、と話がまとまった。

一気に気分が前向いて、帰り道はおのずと小走りになった。単純な人間だと思いつつ、見慣れた歩道橋からの夕景もいつもより素晴らしく感じられる。どうにも顔がにやけてくるのをすれ違った老夫婦に見られ、「こんばんはー」と挨拶してごまかした。スキップしたい衝動に駆られ、年甲斐《としがい》も無く実行し、そのままスキップでお迎えのため保育園に向かった。

いい事があると無条件に子供にも優しくなれるらしい。私の喜びが菜子にも伝染し、その夜は、お風呂でも寝る前も二人でじゃれ合って、お腹《なか》がよじれるほど笑い転げた。しなやかに成長している娘の身体がこの上なく愛《いと》おしく、触れ合うたびに幸せを感じた。

第二の兆しは、執筆が嘘《うそ》のように捗《はかど》り始めたことだった。

具体的な目標ができたのが良かったのだろう。脳が長い冬眠から目覚めたかのように、くるくると動き始め、数ヶ月間停滞していたストーリーがどんどん進み出した。毎晩、寝る前に日々の出来高を見返しては手応えを感じ、にやにやしながら床についた。

ああ、長かったトンネルがようやく、ようやく終わるのだ。

菜子を出産して以降、ずっと苦しかった。とにかく何一つ思い浮かばず、書けず、まるで湿っぽい靄《もや》の中でもがいているようだった。前を見たくても目が霞《かす》み、周囲の声がくぐもって遠くに聞こえ、息を吸っても吸っても足りず、分厚いガラスの向こうで毎日が過ぎ去っていく。そんな感覚が続いていた。

いま、そのガラスの一カ所にぷつんと穴が空き、清清しい風が一気に吹き込んできた。澱《よど》んでいた視界がみるみるクリアになり、肺に酸素が充満し、耳の奥まで音が届く。あれは出口だ。あそこから私は外に出られる。

夏の訪れに羽を開く虫たちのように、私は心と体をぐんと広げて、心地よく舞い上がっていく気がした。

裕一は、仕事の山を避けてできれば引っ越しは秋頃がいいと言った。

新居の大家さんに、引っ越しまで二、三ヶ月ほど空いてしまいそうな旨をおずおず相談してみれば、「そういうご事情でしたら」と便宜を図ってくれた。谷本《たにもと》さんという、とても穏やかな物腰のマダムで、愛おしそうにトイプードルを抱いていた。目尻がとろけたような笑顔が印象的だった。新居へのときめきが一段と膨らんだ。

転居時期は十月頭と決まり、それならば、私もそこまでに南部さんに出す小説をあらかた仕上げてしまおうと、ますます前のめりに取り組んだ。

2

来年で古希を迎える母ふみ子は、いま松葉杖《まつばづえ》で生活している。

八月の末、家の中で段差につまずいて、くるぶしを骨折してしまったらしい。

それなのに「引っ越しの日は手伝いに行くわね」と言い出し、私が再三断ったにもかかわらず、結局当日来てしまった。

そんな状態じゃ逆にこっちが気を遣うし、足手まといだし、と全く気乗りしなかったのだが、実際やって来た母は、段ボールを開くや否や、水を得た魚のように誰よりもきびきびと働き始めた。というより、もはや母は指揮官の如《ごと》く、私や菜子に「小皿の前に大皿を入れて」「調味料はその引き出しが使い易《やす》いから」などと次々と的確な指示を出すのだった。おかげで思いのほかスムーズに片付けは進んでいった。

概《おおむ》ねキッチン周りが片付くと、母はそそくさと松葉杖で出かけて行った。かと思えば、頼んでもいないのに贈答用の和菓子の詰め合わせを買って戻ってきて、

「ご近所さんへの挨拶は早めにね。そういうの気にされる方って多いから」

と何度も釘《くぎ》を刺し、帰っていった。

その如何《いか》にも母らしい言動には多少辟易《へきえき》したが、今後は頻繁に菜子を預かってもらうことを考え、素直に応じることにした。

夕方、おおかたダンボールが片付いた頃だった。テレビの接続をしていた裕一が、

「そういえば、明日レコーディング入ったから」

と唐突に口にした。

私は作業の手を止め、彼に目を向ける。

「……え、私お願いしなかった？　明日だけは、菜子頼みたいって」

南部さんに提出する初稿の〆切《しめきり》は明日いっぱいだ。ここ数日は引っ越し準備にかかりきりだったこともあり、明日は丸一日ラストスパートをかけたい。そのつもりで、あらかじめ裕一には念を押していた筈《はず》だ。

だが裕一は「うん、ごめん」と形だけは謝りつつ、

「でもそこしかスタジオ空いてなかったらしくて。俺も伝えてはいたんだけどさ」

と悪びれる様子もない。

「そんなの困るよ、私だってさ」

「や、分かってるけど。仕方なかったんだよ、ごめんごめん」

やや強引な形で、話は打ち切られた。

ちょうどテレビの設定が完了したらしく、菜子が日課にしている夕方のアニメが流れ出す。

「お、点《つ》いた点いた」

「わー点いたー」

浮かれる父娘《おやこ》の横で、私は黙り込んだ。これではどうにも溜飲《りゅういん》が下がらない。テレビの中では、カバの少年が池で溺れて大騒ぎになっていて、沈黙という私のレジスタンスを邪魔してくる。

しばらくして、私の心中を察した裕一がようやく口を開いた。

「や、真紀《まき》の状況は分かってるよ。そりゃ頑張って欲しいよ」

「だったらさ……」

「でも、こっちの状況も理解してよ。俺だって仕事もらってる立場だし、わがまま言えないんだよ」

それ全く私も同じだよ、私だって仕事もらってる立場でわがまま言えないんだよ、という言葉が喉まで出かかる。

「ああ。じゃあさ、今から書いてきたら？　俺と菜子で片付けはやっとくから」

「……分かった。じゃ、お隣への挨拶もお願いできる？」

私は色んな感情を飲み込むと、楽しそうにはしゃぐ父娘を横目に、無言でリビングを出た。

裕一のこうした態度の背景には、間違いなく、今の家計は自分が支えているのだ、という無言の主張があり、私が強く出られないのもそのためだ。出産以降の私はほとんど収入がなく、日々続けているこの執筆という作業を「仕事」と呼んでいいのかどうかも怪しい。対して、裕一がしているのは確実に「仕事」で、彼の基準においては格上なのだった。

十年ほど前、サウンドエンジニアとして独立したての裕一は、まだ仕事も不安定だった。私は当時、旅行誌を主に扱う出版社の販売部にいて収入も安定していた。彼の仕事が決まると良かったね、頑張ってね、と安い酒で乾杯し、色んなことを語り合った。私は彼が目標としている先輩の凄《すご》さや、あの人と仕事したいという理想や、弱音や、愚痴や、あらゆる彼の事情を把握し、本人と同じように喜んで、悔しがって、励ましたりしていた。

そんな頃、私には人生最大の神風が吹いた。

会社勤務の傍らで書いた処女作『種と果実』が、二十六歳でいきなりH新人文学賞を受賞してしまい、さらに同年のO文学賞候補にもなって、人生が大きく舵《かじ》を切った。

まさに棚ぼたのような出来事だった。そもそも私は作家志望ですらなく、小説を書き始めたのは、単に就職活動で希望の職に就けず、興味の持てぬ仕事を悶々《もんもん》と続ける日々を変えたい一心からだった。空いた時間にパソコンさえあればできるという理由でひとまず書き出してはみたが、それを同僚に明かすことも気恥ずかしく、コソコソと隠した。応募の際も「水沢真紀《みずさわまき》」という本名を使ってしまうと何かの拍子にバレるやも、と妙に慎重になり、会社の昼休憩に原稿を持ち込んだ郵便局の窓口でたまたま頭に浮かんだ「水沢玲《れい》」という縁もゆかりもない名前を書き加えて郵送したのが、今のペンネームになった。

正直宝くじを買うような気分だったので、受賞の電話がきた時は本当に驚いた。沢山のメディアから取材を受け、会ったことのない種類の人々と出会い、今までとは全く違う扱われ方をされ、別人に生まれ変わったような高揚感が続いた。気を抜くと天狗《てんぐ》になってしまいそうな自分を戒めつつも、実際は天狗になっていて、じきに会社を辞めた。裕一と結婚したのもその頃だった。

だが二作目は、まさに処女作の出がらしだった。もともと豊富な引き出しも天性の才能もなく、武器は全て前作で使い切っている。一応単行本化されたものの、評判も売れ行きも芳しくなく、三作目に至っては見るに堪えない結果だった。『種と果実』を超えられない自分との、暗く長い戦いが始まっていた。

私はそんな中で、出産というものにある種の切実な希望を抱いた。

というのも、世の母親たちが「出産で価値観が一変した」と語るのを幾度となく耳にし、或いは自分もそうなるのでは、そうなれば今までとは別次元のものを書けるのでは、と期待していたのだ。

しかし実際、思惑は大きく外れた。出産は思い描いたような甘美なものではなく、拷問的な苦しみと、虚脱感をもたらした。もちろん、子供はとてつもなく愛おしい。だが、それが書き手としての視野を広げるというよりは、むしろ狭められた気がした。守るべき存在の誕生で、母親の意識がその一点だけに向かうのは本能的に当然だと思った。家事や育児が増えた分、執筆に充てられる時間も減った。

一方その頃、裕一には追い風が吹き始めた。たまたま師匠のつてで担当した映画のサウンドミックスの仕事が評価され、次に繋がり出し、みるみる業界内で引く手あまたとなった。毎晩帰りが遅くなり、泊まり作業が続くことも増えた。私はワンオペ育児の辛《つら》さに耐え、その鬱憤を一人で溜《た》め込み、このままでは限界だと必死になって保育園の空きを探した。

そうして夫の一番の応援者であった私は、いつしか最大の敵となっていた。彼に仕事が入る度、自分が取り残されていくようで恨めしく思った。夫が家事育児を分担しないせいで私は書くことができない。書けなければ収入も無く、収入が無ければなおさら夫の稼ぎに頼らざるを得なくなる。不平等じゃないか。無性に腹が立ち、帰宅した夫に反射的に小言を漏らして、いつも後から悔やんだ。家庭の居心地が悪いとますます寄り付かなくなるのではと心配し、無理やり笑顔を作るようになった。彼は私のそんな奮闘に気付いてすらおらず、惨めな独り相撲のようだった。

同世代や若い作家の活躍がやたらに目に付いて、いっそう焦燥感に駆られた。私はこのまま赤ん坊と二人きり、暗い部屋に閉じ込もったまま、二度と娑婆《しゃば》に戻れないのではないか。そんな妄想に取り憑《つ》かれた。

あの怨念のような苦しみは、今も私の心の奥に染み着いている。

3

引っ越しの翌朝、私は徹夜でひたすら書き続けていた。

「今日中に必ず送ります」と南部さんに伝えた以上、何が何でも書き上げなくてはならないが、このペースでは絶望的に厳しい。

眠気と疲れで意識が朦朧《もうろう》とし、いよいよ脳が止まりそうだ。カーテンすらまだ取り付けていない掃き出し窓から、いつの間にか白んできた空が見える。ああもう朝なのだ。

バタリと寝室のドアが開く音がし、軽やかな足音が一直線にこちらへ近づいてくる。時計を見れば五時四十七分。ああ、もう少し寝ていて欲しかった。

「ママー、おはよー」

顔を輝かせて菜子が駆け込んできた。

「なっちゃん、早いのねえ」

「なっちゃんね、引っ越しのお片づけするの」

「ダメダメ。まだ早いからベッド戻ってね」

だが菜子は、私の身体にぎゅっとまとわりついて離れない。やわらかい娘の肌の感触も、いやに暑苦しく感じる。

そんな時だった。

ドン……！　ドン！　ガーン！　ドーン！

だしぬけに、地響きのような低い轟《とどろ》きと振動が伝わってきた。

「何のおと？」

私と菜子はベランダの方を見た。

近所のマンション工事だろうか。こんな早朝に？

ドン！　ドン！　ガーン！　ドーン！　ガーン！

音は一定のペースで、絶え間なく続いている。

「なっちゃん、見てくるね！」

菜子はかくれんぼの鬼かのようなテンションで駆け出すと、掃き出し窓を開け放ったまま、ベランダへと出て行ってしまった。大丈夫だろうか、と一寸《いっすん》不安を覚えるが、たかが自宅のベランダに出るだけで心配するのも変だと思い直し、スクリーンの文字列に意識を戻す。今は一分一秒を争うのだ、余計なことに気を取られている場合ではない。

ドン！　ドーン！　ガーン！　ドン！　ガーン！　ドン！　ドーン……！

だが奇妙な音は、ただ耳障りなだけでなく、怨念でも孕《はら》んでいるような物恐ろしさがあり、二の腕のあたりがスッと寒くなる。もはや頭の中全体がその音に支配され、何も考えられない。

そうこうするうち、菜子が興奮気味で戻ってきた。

「ママー！　あのね！」

「何だった？」

「あのね、お布団干してるの」

「……お布団？」

数秒の間、この地鳴りのような轟音と、「お布団干してる」というのどかな光景が結びつかずに放心した。こんなまだ仄暗《ほのぐら》い時間から布団を干すって？　何のために？　そんな人いるのか？　疑問が頭をもたげる。

私は立ち上がり、ベランダに向かった。

ドーン！　ドーン！　グワーーン！！

外に出ると、音は一層大きくなって威圧感を増した。おそるおそる仕切りから身を乗り出して、隣のベランダを覗《のぞ》く。

それは確かに、布団を叩《たた》いている音だった。

ベージュのパジャマらしき服を着た女が、肩までかかる髪を振り乱し、右手に握りしめた鞭《むち》のような棒で、手すりに干した布団を一心にぶっ叩いている。それは、通常のホコリやダニを落とす行為とはおよそかけ離れていて、まるで布団への恨みを晴らしているかのようだった。顔は髪で隠れてよく見えないが、風貌からして五十歳前後だろうか。

見てはいけないものを見てしまっている——。生理的恐怖で体が強張《こわば》る。それでも目が離せず、私は蛇に睨《にら》まれた蛙《かえる》のようにしばらくそこに居た。

結局女は私に気付くことなく、そのうち布団を担ぎ上げ、部屋の中へ入って行った。私も胸にモヤモヤを抱えたまま、ベランダを後にした。

この先大丈夫だろうか……。新居に対する一抹の不安が、真水にポタリと落とされた墨のように広がっていく。

昨日、引っ越しの挨拶に行った夫は、何も違和感を覚えなかったのだろうか。

そのことを尋ねようと思っていたのに、裕一は七時半頃、朝食も取らずに忙《せわ》しなく出かけてしまった。

新しい幼稚園のスタートは来週なので、この一週間は自宅で菜子と一緒に終日過ごさなくてはならない。果たして〆切を乗り切ることができるだろうか。

午前中は、買ったばかりのぬり絵やらアニメの録画やらの大放出でどうにか持ちこたえたが、午後には早くも限界を迎えた。数分おきに私のところにやって来ては、揺さぶったり引っ張ったり叩いたりぶら下がったりしてくる。

「ママー、公園いきたいー」

「んーごめん。ママ今日中にこれ送らないとダメだから」

「えー、つまんないー」

「ごめんね。公園は明日いこ」

「えー、本当に明日？」

娘も退屈で苛立《いらだ》っているのだろう、結構力が込められていて、それなりに痛い。

こちらも我慢しているが、徐々に腹が立ってきて、つい語気が強まる。

「本当に明日！　約束するってば」

「じゃ、指切りして」

「……いいよ」

イライラする気持ちが現れ、思った以上に鬱憤を込めた指切りをしてしまう。

菜子は驚いたらしく、シュンと黙り込んでしまって、ああしまった、と後悔するが、ここは心を鬼にして、とにかく書き上げようと決めた。

菜子は諦めてリビングに戻って行き、すぐに聞き慣れたアニメのオープニングソングが聞こえてきた。

ふと気付くと、二時間近くが経過していた。体感では数十分のつもりだったのに、かなり集中していたらしい。何とかストーリーは完結し、それなりに手応えもある。最後の句点を打ち込んで立ち上がり、大きく伸びをすると、固まっていた背中にじーんと血液が通っていく。

リビングからは、まだアニメの音が聞こえている。

「なっちゃーん」

退屈させていた分、今から全力で遊んであげよう。はやる気持ちで足を向かわせると、テレビの前に菓子の姿はなかった。

「なっちゃん？」

リビングを見回すが、どこにも姿が見えない。

「なっちゃーん？　トイレかな？」

トイレや洗面所を覗いてみるが、中は暗く静まり返っている。

にわかに心中の雲行きが怪しくなり、そのまま廊下に立ち尽くした。テレビから聞こえる声優の甲高い口調がやたらと耳につく。いやでも、落ち着けよ、絶対に家のどこかにいる筈《はず》だ。私を心配させようと隠れてるのか。でも、それにしては気配がなさ過ぎる。もしかして、一人で外に行ったとか？

そう思って玄関に目をやると、たたきにある筈の娘のスニーカーが、無い。たちまち鼓動が速くなる。都会育ちの娘は五歳とは言えど、まだ一人で外出したことは一度もない。それに加えて今朝の隣の女……。私は適当なサンダルをつっかけて、外に飛び出した。

共用廊下に出るとすぐ、菜子の愛用する青いゴムまりが転がっていた。きっとここでしばらく一人で遊んでいたんだろう。

誘拐……失踪……神かくし……、むやみに恐ろしい想像ばかりが膨らみ、ズンと胸が締め付けられていく。

その時だった。

「あーママ！　ただいまー」

顔を上げると、満面の笑みを浮かべた菜子が、長い廊下をまっすぐ駆けてくる。

「な、菜子！」

張り詰めていた体が一気にほどけ、涙腺《るいせん》が緩んだ。胸に飛び込んできた娘を、しかと受け止める。

「もう……どこ行ってたの？」

すると、彼女の返事より先に、太い声が響いてきた。

「まーまー、怒らないで。ちょっと公園行ってただけよねえ」

見知らぬ中年女性だった。のっしのっしとこちらに歩いてくる。

「もう、一人で行っちゃダメでしょう」

「違うわよ。一人じゃない」とすぐさま女性が答えた。

「隣のおばちゃんと一緒だよー」

菜子は嬉しそうに女性に駆け寄り、二人は手を握り合った。

「どうも。隣のおばちゃんです」

「あ、どうもすみません。吉岡《よしおか》です」

私は慌てて頭を下げる。

つまり、二人は一緒に公園に出かけて仲良くなったということか。それならどうしてこの人は親にひと声かけないのだろう。娘もどうして黙ってついて行ったのだろう。そもそもこの人は何者なんだろう。幾つもの疑念とともに女性を見て、ハッと息を呑《の》んだ。

あの布団の人じゃん――。

早朝の印象とは打って変わって、淡いピンクのセーターに濃いピンクのダウンベストを合わせている彼女は、そののっぺりした顔やふくよかな身体つきから、全体的に七福神の布袋《ほてい》様のような親しみやすさを醸し出していたので、一瞬気が付かなかった。だが笑っている細い目の奥で、黒い瞳だけが異様に光って見える。

「ママは引っ越してきたばっかりでお仕事？　お忙しいのねえ」

彼女は品定めするような視線で私を舐《な》め回した。

「いえ、すみません……ここ数日ちょっと立て込んでまして」

「そんなに忙しいなんて、何のお仕事してるの？」

その不躾《ぶしつけ》な物言いから、どうやら怒っているらしいと推測する。もしかして娘の言動が何か気に障ったのだろうか。

「その……一応、物を書く仕事と言いますか」

「水沢玲って言うんだよ！」

菜子が嬉しそうに口を挟む。

「いいの、そんな余計なこと……じゃ、すみません、ありがとうございました」

何となく、この人には素姓を知られたくない気がした。私はすかさず菜子を引き寄せ、立ち去ろうとした。

「ミズサワレイって？」

如何にも耳聡く、彼女はこちらに一歩迫ってくる。

「えっと、その……書くときのペンネームです」

「まああ、ペンネーム？」

「ええ、まあ」

「それはご立派なのねえ。へえーペンネームですってえー」

おちょくっているのだろうか、可笑しそうに笑う相手に、不快感を覚える。

「それじゃ、お世話になりました」と菜子を家の方へと押しやって、最後に一応、

「あ、それからすみません、昨日は主人しかご挨拶に伺えずで」と付け加えた。

「主人しか？　ご主人なんて来てないけど」

「え？　うそ……」

「うそ言うわけないいじゃないの。ねえ？」

「うん！」

菜子が嬉しそうに応えた。

私は軽く会釈をすると、そそくさと退散した。

まさかと思って家に戻ると、果たしてダイニングの棚に昨日の手土産がちゃっかりと鎮座していた。あれほど言ったのに、裕一は挨拶に行かなかったらしい。ふと母の言葉が思い起こされた。ひょっとして彼女の当て付けがましい態度は、全部このせいだったのではないか。夫の無精さにガックリする。

菜子を寝かしつけた二十二時過ぎ、帰宅してきた裕一に夕食を用意した。といっても、スーパーで買った出来合いの豚の角煮に、野菜サラダだけ。我ながら雑な食事だとは思うが、今日は〆切だったのだ。用意しただけ立派なもんだと開き直りつつ、昼間の隣人との出来事を一通り説明した。隣人への不信感、そしてこの新居への不安を、共有しておきたかった。

「本当怖かったよ。ちょっと変だよ、あの人」

裕一はスマートフォンから目を離さずに「うーん」と生返事をし、しばらくして「でもさ、真紀が目を離してたんでしょ」と言った。

「……え？」

予想外の言葉に、心がささくれ立つ。

「ていうかさ、裕ちゃん昨日挨拶行ってくれてなかったでしょ」

「うん、まだ行ってないよ。週末行こうと思って」

「あの人、それで怒っちゃったんじゃないかなあ」

「いやー、そんなことで怒んないでしょ」

「でも実際、何か怒ってる感じなんだよ」

裕一は相変わらずスマートフォンを弄《いじ》り続けている。取り上げてやりたい衝動を抑え、「ご飯どれくらい？」と炊飯器の前で尋ねる。

「少しでいい。軽く飲んできたから」

そこで一気にボルテージが上がった。

飲んできた？　こっちが一分一秒を争って〆切に育児に奮闘している時に？

ご飯茶碗をテーブルに置くと、大きくゴトリと響いた。

その音で、彼は私の怒りを察知したらしい。

「今日さ、すげーいい音録《と》れたんだ」

とすかさずスマートフォンから音楽を再生した。

クラリネットだろうか。ノスタルジックでゆるりとしたメジャーコードの曲でダイニングの空間が満たされていく。

図らずも、私のギスギスした気持ちも徐々に和らいでしまう。

「そもそも曲がいいよね、これ」

ほろ酔いなのだろう、裕一は気分良さそうに音楽に乗り、体を揺すっている。

「まーでも、俺らも少し気をつけるようにしようよ。最近は変な事件も沢山あるし」

この人はいつもこうなのだ。持ち前の鷹揚《おうよう》さで、人を易々と自分のペースに乗せ、いつの間にか丸め込んでしまう。もちろんそれは彼の魅力なのだが、私は裕一の魔力と呼んで恐れている。

「うん……でも、今日は本当にギリギリだったから」

どうにも釈然とせず、私は言葉を続けた。

「あーあ、引っ越し失敗だったかも」

裕一は応えない。

「預かり保育も毎日じゃないし、お迎えの時間も早いしさ」

裕一は応えない。こういう面倒な類のことはスルーが一番と思っているようだ。

菜子は来週から隣町の幼稚園に入ることになっている。独特の教育方針が人気で倍率の高い園だが、引っ越し直前にたまたま枠が空いたと聞き、裕一に相談すると、いいじゃんそこ、とかなり乗り気だったので、半ば勢いで入園を決めた。

だが実際、保育園と違って親の負担は倍増するようで、今後の仕事への影響を考えると気が重くなっていた。それに、どうせ困るのは私一人だけなのだ。

長年の鬱憤が、ふつふつと再燃し始めていた時だった。

いつの間にか、裕一が赤ワインのボトルを差し出している。

「真紀！　お疲れ！」

「え？」

「書き終わったんでしょ。乾杯しよ」

ちゃんと覚えていて、買ってきてくれたのだ。

「え、びっくり……。ありがとう」

ほだされていることが癪《しゃく》に障りつつも、顔がほころぶ。これが魔力たる所以《ゆえん》なんだろう。コルクにオープナーを刺し、ぐるぐると回す手つきを見て、相変わらず長い指が綺麗《きれい》だな、と思った。

裕一は、未だダンボールの中にあるグラスを出すのを面倒くさがって、ボトルでラッパ飲みをしようと言い出した。すっかり籠絡されてしまった私は、おっけー、とそれに乗り、勢い余って口からワインを零して、声を出して笑った。

酔いが回ると一層楽しくなってきて、いつの間にか彼と手を取り合い、クラリネットの心地よいメロディの中で夜更けまで踊っていた。

4

二日後、私は原稿を読んだ南部さんと打合せするため、菜子を連れて久々に出版社に出向いた。

南部さんは相変わらず忙しそうに、誰かと電話をしながら現れた。それが済むと向かいの席に座り、プリントした私の原稿をペラペラ捲《めく》りながら、

「まあ、正直に言うと、このままじゃ掲載は難しいかな」

とひと言めに言った。

心臓が太い槍《やり》でグスリと突かれたようだった。

「……ええと、はい。じゃあ、どこを直せば？」

「どこと言うより、全体的な問題ですね。何て言うか、物語に深みが無いって言うのかなあ。主人公のキミヨの言動もすごく一面的に感じるし」

「……あ、貴美枝《きみえ》です」

「ああ、キミエさんね」

思わず、本当にしっかり読み込んでくれているだろうか？ と疑ってしまう。これだけ忙しそうなのに、短期間で隈《くま》なく読み込んで意見をくれているとは考え難《にく》かった。

「あの、たしかに前半の貴美枝は単調な部分もありますが、後半から展開も感情も、大きく動かしたんですよ。あと、分かりにくかったかもしれませんが、ラストが大きなどんでん返しになってまして」

「や、や、そういうことじゃないんです。個性的なキャラとか、展開とか、面白くしようとしているのは分かりますよ」

南部さんは私の言葉を遮るように言った。

「じゃあ」

「もっと作品の核の部分の、奥深さです」

「……奥深さが、無いと」

「そうです。人間も、出来事も、白とか黒とかの一色だけじゃないでしょう。もっと多様で、多面的で、曖昧だったりする。そういう部分です」

指摘される一つ一つの言葉が針のように刺さって、心がみるみる萎《しぼ》んでいった。もう落胆を隠すこともできそうになかった。

「確かに、『種と果実』は素晴らしかった。でもアレはさ、桜子《さくらこ》っていう魅力的なキャラの発明ありきだったというか、ある意味、奇跡的に上手くいったと思うんですよ。ああいうことの二番煎じを続けてても、難しいのかなと」

ああ、また『種と果実』だ。一体いつになったら『種と果実』の呪縛から解放されるんだろう。背中に括《くく》り付けられた巨大な看板のように、私の歩みを邪魔してくる。もういっそのこと、全ての人の記憶から丸ごと消し去れたらいいのに。

菜子はといえば、無理やり連れて来られたのが如何にも退屈というように、私の横でガムテープを転がしたり回したりと音を立てていて、会話が途切れる度にやたらにそれが耳についた。

　南部さんは優しい物腰でありつつも、容赦なく小説の至らぬ点を次々と指摘した。それはいちいち的を射ていて、自分の中での評価も急落していき、終わる頃にはすっかり色褪《いろあ》せたものになっていた。

「別に掲載を急いでいるわけじゃないですし、ま、少し時間をかけて設定から見直してみてください」

　最後にそう言われ、

「いえ、必ず次号に間に合わせます。二週間ほどで直して送りますので」

と啖呵《たんか》を切ってしまった。

　マーブル眼鏡の奥で微笑んでいる南部さんの目が、困っているようにも呆れているようにも見えた。私が真意を摑《つか》みかねていると、再び誰かからの着信が入り、彼は軽い会釈を残して立ち去っていった。

　ここ数ヶ月で積み重ねてきた努力が泡沫《うたかた》の如く消え、ふりだしに戻されたような徒労感が襲ってくる。それを振り切るように、早足で帰路についた。

「なっちゃんごめん。今日は公園は行けないや」

「なんでえ。やあだ！」

「でもママ、お仕事しないとなの」

「やあだ。行くって言った！」

「ごめんね。じゃ、代わりにお菓子買って帰ろ！　ね？」

「やあだ！　公園！」

「お、か、し〜。何でも好きなの買っていいんだよ〜。ね？」

こういう時は、無理やり明るいムードで気分を盛り上げるしかない。

帰宅するとすぐに書斎に籠《こも》り、ひたすら執筆を続けた。料理する時間も惜しく、昼はファーストフード、夜はレトルトカレーなどという究極の手抜きっぷりが続いた。娘の血肉がこれで作られていくと思うと気が咎《とが》めたが、背に腹はかえられぬと割り切って、パソコンに向かった。

そうして数日が過ぎたが、状況は停滞したままだった。

南部さんの指摘は頭では理解できる。しかし実際、何をどう変えたら奥深さが出るのか、一面的なものを多面的にできるのか、分からない。真っ暗な道なき道を、手探りで目的も分からぬまま進み、袋小路にはまってはまた戻る。そんなことを繰り返しているようだ。

さらに最大の問題は、毎朝六時前後になると、必ず隣からあのけたたましい布団叩きの音が聞こえてくることだった。それが始まると、途端に本能的な恐怖が蘇り、何も考えられなくなって、僅かに摑みかけていたアイディアさえも吹っ飛んでしまう。

隣人は一体、何のために毎日繰り返しているのか。もしや私に対する嫌がらせなのか。皆目分からないまま、不安とストレスだけが溜まっていく。

数ヶ月前に初めてこの部屋を訪れた時の、あの直感は何だったのだろう。ここならきっとミラクルが起きる。傑作が書ける。あの確信は幻だったのだろうか？　それならば、何のためにこんな古臭いマンションを選んだのか。やはり選択を失敗したのではないか――――。不穏な予感がにじり寄ってきたその時、

ドン！　ドン！　ガーン！　ドーン！　ガーン……！

いつもの轟音《ごうおん》が始まった。

駄目だ。ここで気を取られては負けだと、すぐに机の引き出しから耳栓を取り出して装着し、頭から毛布を被る。

ドン！　ガーン！　ドーン！　ガーン！

音は、毛布や耳栓を易々と突き抜けて響いてきた。

しばらく耐えていたが、その間、スクリーンの文字が一つも頭に入ってこない。

そのうち、こうして耐えていること自体が負けに甘んじる行為に思われてきて、どうにも我慢の限界だと奮い立ち、毛布を被ったままベランダへと向かった。

隣人は、先日と同じパジャマで、先日と同じように布団を殴りつけていたが、今日はそれに加え、何やらボソボソと呪文のようなものまで唱えていて、その不気味さは一段と際立っていた。

「あのー、すみません」

喧嘩《けんか》はしたくないので、私は笑顔を作って呼びかけた。

「あの、すみませんが」

完全に自分の世界に入り込んでいるのか、彼女は呼びかけに気付かない。

「あの！　すみませんが！」

やや語気が強まってしまった次の瞬間、隣人がぬるりとこちらに顔を向けた。

「あら、おはようございます」

愛想なく言い放ち、すぐに視線を布団に戻した。邪魔するなと言わんばかりだ。

だが、私は挫《くじ》けるわけにはいかない。

「すみませんが……もう少し静かにお願いできませんか？」

「ん？」

「それ、その音です。かなり響いてるんで……」

「ちょっと訳があってね！」

突き返され、思わず怯《ひる》みそうになる。

「でも、まだ六時前ですよ。こんな時間に布団を叩く訳ってい……」

「悪かったわね！　もう終わるわよ!!」

吠《ほ》えるような一喝で私の声は遮られた。

彼女は布団を引っ摑むと、苛立った様子で隣の部屋へと消えていった。

やはり私に対して怒っている。でも一体私が何をした？　腹の虫はおさまらないが、考えても分からないのでとにかく心を鎮める。後味の悪さを残し、私はベランダを去った。

5

その朝、私は菜子に留守番を頼んで、息抜きのため短い散歩に出かけた。

自動販売機で買ったレッドブルを一気飲みした後、ゆっくりと坂を下り、ストーリーの構想をブツブツ独りごちていた。川沿いの分かれ道に差し掛かると、路傍に道祖神が祀《まつ》られているのが見える。

そこで、信じ難い光景を目の当たりにした。

向こうから勢いよく走ってきた自転車が、道祖神の前で突然キキッと停車し、見ればそれはあの隣人だった。どこへ向かうのか、とても急いでいるようだ。そして次の瞬間、道祖神の前に供えられていたバナナとお菓子を引っ摑むと、素早く自分のバッグに入れ、疾風の如く走り去ったのだ。

私は愕然《がくぜん》とした。あの人は泥棒……いやあれは泥棒とも違う、もっとたちが悪いんじゃないだろうか。

人間のとても汚い部分を目にしてしまったようで、胸がざわつく。あんな人の隣で暮らしていくなんて……巨大な不安がさざ波のように押し寄せてきて、私はしばらくその場に立ち尽くしていた。


まもなく、その不安が現実化してしまった。

その日、私と娘は大喧嘩をしていた。発端は、菜子が私の化粧品で遊びたいと駄々をこね始めたことだった。「これはママのだから。なっちゃんも大っきくなったら使おうね～」と最初は優しく宥《なだ》めていたが、原稿の提出日当日で気持ちが焦り、最後は苛立って奪い取る形になってしまった。

そこで機嫌を損ねた菜子は、その後ひたすら意地になって公園に行きたいと喚《わめ》き続けた。

「やあだ！　今日行く！　約束したもん！」

「ごめん。明日は絶対行くから！　ね？」

「ママ毎日そう言ってる！　嘘つき！　ばか！」

「だーからー謝ってるでしょう！　仕方ないの！　ママお仕事なんだから！　少しは我慢して！」

「やあーだー!!」

菜子は癇癪《かんしゃく》を起こし、握りしめていたお砂場セットを放り投げた。

ガシャン！　と大きな音と共に、赤や青のシャベルやジョウロがリビングの床に散らばって、室内の空気がシンと止まった。

私は無言で娘を見据えた。しかめっ面だった娘の顔がみるみる崩れていく。

「……じゃ、お片づけしといてね」

うわあぁーーーん……と泣き出した菜子を残し、私は書斎に籠った。


熱中して書き続け、我に返れば夕方だった。ふと、部屋の中が妙に静かなことに気付き、まさかね、と慌ててリビングへ向かった。

嫌な予感は的中していた。夕闇が落ちた部屋に菜子の姿は無い。ドクン、と自分の心臓の音を感じ、はたと隣人の顔が思い浮かんだ。

私はすぐに家を飛び出すと、隣の家に駆け寄ってドアのチャイムを押した。だが、いくら待っても反応は無い。チャイムの上には『若田《わかた》』と小さな表札が貼られていた。続けて何度かドアをノックしてみたが、不在のようだった。

まさか、まさかね。大丈夫。きっと近くの公園にいるはず……。

動揺するあまり、自分がいま何をすべきなのかがよく分からなくなる。とにかく無我夢中で近所を走った。

公園を次から次へと駆け回ったが、どこにも姿はなかった。

日がだんだんと落ちてくる。平和に帰宅していく何組もの親子たちとすれ違う。

「ママー」と呼ぶ子供の声を耳にするたび、ああどうか、あれが菜子の声でありますように、と微かな望みをかけるが、振り向いてみればそれは全く別の子で、幾度となく落胆した。

これは本当に、ただ事では無いかもしれない――。

すぐに夫に電話を入れ、その後も必死に探し続けた。

かつて無いほどの恐怖を感じて足がすくむ。それでも走らずには居られず、胸が張り裂けてどうにかなってしまいそうなほど痛い。ああどうして私はあの時、菜子を放っておいたのか。前の経験があったのに。隣が危険な人だと分かっていたのに。どれだけ愚かなんだろう。時が戻ってくれたらどんなにいいか。お願いです、どうか時を戻してください。菜子を無事に戻してください。そのためなら、もう他はどうなっても構わない。小説なんて書けなくても構わない。そう強く祈りながら必死で息を吸い、駆けずり回った。

収録中だった裕一は、私の電話から三十分少々でタクシーを飛ばして帰ってきた。母にも連絡をして、各々に探し回ったがやはり見つからず、いよいよ警察に連絡を入れた。私と夫は一旦家に戻ってみたが、やはり隣は不在のようだった。

重苦しい空気が部屋全体に漂っていた。

「私やっぱり、隣の人だと思うの」

心中で確信していたそのことを、私はようやく夫に告げる。

「何が？」

「私、実は今朝、ちょっと苦情言っちゃって」

「苦情？　隣の人に？」

「そう。あの人が布団をバシバシ叩いてて、すごくうるさかったから」

「え、だからって……その腹いせに菜子を？」

裕一の目がまっすぐに私に向けられ、息が詰まりそうだ。

「あり得るよ。だって、本当に変な人なの」

裕一は黙り込んだ。

「警察の人に聞いてみよう。あの人のこと」

「何を？」

「だから、犯罪歴とか」

表情を変えない夫の目が、無言で私を責めているのが分かる。でもここで謝っても嘆いても、この人を怒らせるだけだということも分かる。その数秒間、私は泣き出してしまいそうなのを全力で耐えていた。

ピンポーン、とチャイムが鳴った。

警察が来たのだろう。裕一の後について急いで玄関へ向かい、ドアを開けた。

すると、そこに、菜子が立っていた。

「な、菜子ー!!」

全身の力がどっと抜け、倒れこむように娘に抱きついた。締め付けられていた心臓が一気に緩み、喉元に熱いものが込み上げてくる。

この小さな体を再び抱きしめられた。この小さな手を確かに握ることができた。

何にも代えがたい喜びだった。

「もーびっくりよ！　一緒にお昼寝しちゃってて」

不意に、陽気な太い声が聞こえてきた。はたと見上げれば、あの隣の女が菜子の横で笑っている。

「目が覚めたら外が暗くて驚いちゃった」

それは悪魔の顔だった。背中がゾクッと凍りつく。

なぜこの人は笑っている？　どういう心境で？　恐怖なのか怒りなのか分からない感情が渦巻いて、歯の奥がガタガタと震え出した。

「……あの、何なんですか？」

「ん？」

「何なんですか？　何考えてるんですか？」

もはや自分をコントロールできぬままに、相手にぶつかる。

「若田さん、うちの菜子連れて行くなら、ひと声かけて頂けないでしょうか」

　裕一が丁寧な口調で申し出た。

「いや、言おうとしたんだけど。この子がママに言いたくないって言うから」

「えっ？」

「ね、言いたくなかったんだよね？」

　女は、さも自分が菜子を庇《かば》うかのように言ってのけた。

　ああこの人は、子供を味方につけることで自分を正当化しようとしているのだ。自尊心を満たしたいのか、それとも捻《ね》じ曲がった母性なのか。こんな人に娘が利用されていることに虫唾《むしず》が走った。

「そんなの、おかしいですよね。非常識すぎますよ」

　私は菜子を守るように抱きしめた。

「非常識？　アタシが？　どうして？」

「どうしてって、うちの子ですよ？　勝手に連れてくなんて！」

「勝手にって。アンタが放ったらかしてたんじゃない」

　女が鼻で笑った。

「放ったらかしてって……」

「あんな状態じゃこの子が可哀想《かわいそう》で。だからアタシが預かったの。非常識はどっちよ？　毎回毎回子供放ったらかしにして！」

私は意表を突かれ、言葉を詰まらせた。

それは、夫の前で最も言われたくない一言だった。彼女は私の弱みを握っているかのように、鋭く、的確にその一点を突いてきた。

「子供が小さいうちは母親が一緒にいてやらないでどうするの。ねえ」

私は硬直していた。

この人は、私の何を知ってるのか。私の苦悩も葛藤も何ひとつ知らずに、そんな古びた安っぽい一般論で私を咎《とが》める権利があるのか。

「エライ小説家だか何だか知らないけど、母親としては失格！」

もう、限界だった。

カッと目の前が引火した気がした。

「そんなこと、アンタに言われる筋合いはない!!」

「ちょっと真紀、やめろって」

裕一が慌てて止めに入ってきたが無駄だった。相手も負けじと嚙《か》み付いてくる。

「失格よ〜！　不合格！　はい残念！」

「もう金輪際、一切うちの子に話しかけないで！　話しかけたら通報するから！」

「残念！　失格！　アウトーー！」

罵り合う私たちの大声を聞いたご近所の人が、一体何事かと次々と集まってきた。誰が連絡したのか大家さんまでも駆けつけ、さらに、菜子の捜索をしていた警察も戻ってきて、狭い共用廊下は人だかりとなった。

私は我を忘れたまま声を張り上げていて、最後は夫と母親に取り押さえられるように、どうにか自宅へと戻った。


松葉杖をついて必死に探し回っていた母は、家に入るなり菜子を抱き寄せて咽《むせ》び泣いた。こんな風に泣く母を見たのは初めてだった。そうしてひとしきり涙を流すと、何か言いたげな顔で黙り込んだ。裕一も裕一で感情を表に出さぬまま、ソファに腰を下ろして一言も発しなかった。

彼らが言いたいことは分かっていた。私は沈黙の息苦しさに耐えきれず、菜子にあれこれ話しかけることで必死に取り繕おうとした。

「ねえ、何か変なことされてないよね?」

「えっとね、踊るお人形さんであそんだよ」

「お人形さん? それだけ?」

「ううん。クッキングとか、ゴリラとかね。おばちゃんちオモチャいっぱいあるの」

娘はさも得意げに、隣家のありさまを報告してくれた。まるで母が知らない素晴らしい世界を、自分が開拓したことが誇らしいかのようだった。

隣に子供はいない筈なのにオモチャが沢山ある、ということに若干の違和感は覚えつつも、娘の様子を見る限りは痛い目に遭ったり嫌な思いをしたりということは無さそうで、多少なりとも安堵《あんど》する。しかし念のため、娘の体を隈《くま》なく確認していると、右腕に見慣れない青痣《あおあざ》が見つかった。

「あれ、このアザ、どうしたの?」

昨晩お風呂に入った時には、痣は無かった。

「えっとー……、机にゴツンしちゃったの」

どこか後ろ暗さがあるような言い方に、引っかかりを感じた。「え、ほんと?」と聞き返すが、娘は答えない。

「あの人に何かされたんじゃないよね?」

その時、黙って聞いていた裕一が、つと口を挟んだ。

「真紀、ちょっとさ」

「え?」

「あの人、確かに変わった人だとは思うけど、真紀も真紀だよ」

「え。それどういう意味?」

「菜子を放っておいたのは事実なんでしょ」

「放っておいたっていうか……」

私は反射的に言葉に詰まる。

それを言うなら、自分こそ放ったらかしではないか。私だけに育児や家事の義務を課し、失敗したら咎める。そんなのおかしくないか。

だけど、もしそれを口にすれば、その瞬間に何かが変わってしまう気がして、怖くて堪《たま》らない。

「……だってさ、一瞬たりとも目を離さないなんて無理だよ。〆切前だったし」

私は言葉を選んで反論した。

ソファに並んで座る夫と母が、同時に私を見た。なじるような目つきだった。

菜子はいつの間にか私の元を離れ、母の横にちょこんと座っている。私はいま娘が私の隣に居てくれたら良かったのに、と思う。一人きりで床にぺたりと座り込んでいる状況が、孤独をいっそう強くしていた。

「状況はわかんないけど、あの人には、菜子が放ったらかしにされてるように見えたんじゃないの？」

裕一が苛立ちを堪《こら》えるように言った。母も相変わらずじっとこちらを見ている。針のむしろのような状況に耐えられず、私は立ち上がった。

キッチンへ行き、飲みたくもない水を飲んでみる。すると無性に泣きたくなった。ここで泣いたら負けだ、と腹に力を入れると、我慢していた憤りが込み上げてきた。

「そりゃ、裕ちゃんはいいよね。自由だもん」

ついに言ってしまった。

「自由？　自由ってなんだよ」

「自由でしょ。一人で好きに仕事したり、飲みに行ったり」

もう止まらなかった。裕一と母の視線が、痛いほど背中に突き刺さる。

「は？　俺が仕事しなかったらこの家どうなるんだよ？」

「だから別に、自由でいいねって言っただけ！」

「真紀。もうやめなさい」

母の強い一言で、私は口を噤《つぐ》んだ。

「裕一さん、申し訳なかったわね」

「いえ、お義母さんこそわざわざ来て頂いて……足、平気ですか？」

二人のやりとりが、全て自分への当て付けのように聞こえた。


その夜、私は夫と娘が眠る寝室に足を踏み入れることができなかった。もし踏み入れたとしても、二人と同じベッドでちゃんと眠れる筈がなかった。

今夜中に原稿を提出せねばならないが、とても書き進められる心境ではない。

真っ暗な書斎で一人呆然《ぼうぜん》と壁を見つめ、深夜の街の音に耳を澄ませていると、必死で堪えていたものが雪崩のように溢《あふ》れ出てきた。それは全く涸《か》れることなく、後から後からどんどん湧いてくる。何時間も泣き続けたせいで、最後は子供の頃みたいにヒック、ヒックと横隔膜の痙攣《けいれん》が止まらなかった。

夜が明ける頃、私はようやくこっそりと寝室に入った。夫を起こさぬよう、鼻をつまんで息を止めた。それは就寝するためではなく、無防備に眠る娘の小さな頬にどうしてもキスをしたくなったからだった。

6

南部さんのところに行こう、と思った。この八方塞がりの状況を誰かに理解して貰いたかった。

改めて考えると、今私が書けなくなってるのは決して自分のせいだけではないように思える。育児と家事の負担、協力してくれない夫、そして何よりも、あの隣人の凄《すさ》まじい騒音と嫌がらせの恐怖。そんな中でも筆を進めようとしている自分の奮闘を、誰か一人でもいい、分かって欲しかった。「大変だね。でも一生懸命やってるね」そんな一言さえかけて貰えたなら、私は前を向けると思った。

一度そう思うと、途端に気が急いてくる。

翌日、菜子を幼稚園バスに乗せた後、その足で衝動的に駅へと向かった。ホームで南部さんの携帯に電話をしてみると、呼び出し音が鳴ったまま繋がらなかった。そこで編集部にかけてみると、打合せ中だが社内には居るとのことだった。とにかく数分の立ち話だけでも構わない。やって来た電車にそのまま飛び乗った。

出版社に着くと、フロアの入口で近くにいた社員に声をかけ、南部さんが打合せから戻ってくるまで待たせて貰うことにした。

相変わらず編集部の人たちは忙しそうで、透明人間のように端っこから眺めていると、自分が本当に社会の歯車から外されてしまった透明人間のような気がしてくる。

しばらくして、会議室から慌ただしく出てくる南部さんが見えた。書類の束を抱え、こちらに気が付くと、早足で近づいてきた。

「あれ水沢さん、どうしました？」

「あの、急に来てしまってすみません。短い時間でいいのでお話したくて」

「えっとね……申し訳ない、ちょっと急用でこの後すぐ出ちゃうんですが」

彼は一人ではなく、背後に見知らぬ若い美人を伴っていた。

「あ、こちら、笠原凜《かさはらりん》先生です。こちらは水沢玲先生」

女性と目が合い、ああ、確かに笠原凜さんだ、と気づく。写真でしか見たことはないが、ここ数年飛ぶ鳥を落とす勢いの人気作家で、歳は私よりも七、八若い。

「わあ、水沢先生！　お会いできて嬉しいです！」

笠原さんは顔をぱっと輝かせ、何の躊躇《ちゅうちょ》もなく私に両手を伸ばして握手を求めてきた。

「あ……はい、初めまして」

その白くほっそりした腕に光るカルティエの時計や、開いた首元の上品なスカーフに、瞬間的に嫉妬した。急に、自分の首が詰まった数年越しのカットソーが酷《ひど》くみすぼらしく感じられ、居心地が悪くなる。

「私、『種と果実』の大ファンなんですよ！　あれ読んで作家になったたって言ってもいいくらい。わあ嬉しい！」

笠原さんは本当に嬉しそうだった。こんなにとびきりの笑顔を恵んで貰えたら、同性の私でさえクラッとする。彼女の作品は、私には甘ったるる過ぎて合わなかったが、彼女が売れっ子であるのはよく分かる。

「で、水沢さん、話っていうのは？」

南部さんがやや急かすように言った。

「あ、じゃ、私は向こうで待ってますね」

と笠原さんはすぐに気を利かせてエレベーターの方に去っていく。どこまでも出来た女性だと思った。

「あの、原稿の件、本当にすみませんでした。私が無理に頼んで、絶対に次号に間に合わせます、なんて啖呵《たんか》きったくせに」

私はすぐ本題に入ろうと、隣の打合せスペースに腰を下ろした。

「ああ。そのことなら全然、問題ないです」

南部さんが立ったたままそう言った。

笠原さんだったら問題なんだろうな、と思ってしまう卑屈な自分がいる。

「というかですね、本当ならすぐに書けてた筈だったんです。アイディアはもう、沢山ありますし」

「はい、まあ……」

南部さんがチラッと腕時計を見たのが分かった。自分だけが座っている状況がとても滑稽《こっけい》に思えたが、今さら立ち上がるのも変な気がする。

「ただ、実は今、隣にすっごく変な人が住んでるんです。その人のせいで毎日大変な目に遭っていて。それさえ無ければもう全然書けるんですけど。本っ当にあの人が」

私は必死で話し続けた。引き留めてしまっていることが心苦しいが、それでも続けなければ、彼はすぐに去ってしまうだろう。

「ごめん水沢さん、その話ならまた今度にしよう」

強引に遮られてしまい、私は口を噤んだ。

「ただ、この間も言ったけど、今の問題はもっと根本的なとこにあると思いますよ」

「……はい？」

「心の余裕の無さが作品にも出ちゃってるように感じるなあ。もう少し肩の力抜いて、一旦、小説から離れてみたらどうかな？　ゆったり旅行したりとか、温泉入ったりとかさ」

穏やかな口調で、強く突き放されたのを感じた。全身が火照っていく。

求められていないことくらい、前々から気付いていた。それでも必死ですがれば、手を差し伸べてくれると思った。きっと以前ならそうしてくれただろう。だが新しい才能はどんどん出てくる。私が面白い作品を書かない限り、忙しい彼にとって私は厄介者でしかないだろう。

「……いえ。それより、次号の〆切はいつですか？」

何故むきになってしまうのか、自分でも分からなかった。

「やー、とにかくね、今は焦らないことですよ」

南部さんは宥めるように私の肩に触れ、立ち去ろうとした。

「でも南部さん、待ってください！　違うんです私」

咄嗟に彼の腕を摑んでいた。その弾みで、彼が抱えていた書類の束がばさっと床に散らばった。

「あー……」

南部さんの小さな溜息が、鋭く胸に刺さる。

すぐに駆け寄ってきた笠原さんが、屈《かが》んで書類を拾い集め始めた。彼女につられるようにして、南部さんと私も無言で屈み込んだ。

床に這《は》いつくばった私は、虫のようだった。そうして書類の上に涙の滴が落ちないよう、必死に堪えていた。

7

「ダウンライトの電球を交換して欲しい」という母からの電話を受け、幼稚園帰りの菜子を連れて実家に向かった。

先日の一件で母に負い目を感じていたし、来週からは週二で菜子を預かって貰う予定もあるので、頼みごとをされるのは嬉しかった。

実家にはちょうど、いとこの直哉《なおや》が来ていた。直哉は母の妹であるサエ子叔母さんの末っ子で、私よりも一回りほど若い。昨年大学を卒業し、この近くで一人暮らしを始めたと聞いている。金髪でスケボーを乗り回すやんちゃな奴《やつ》だが、菜子はよく遊んで貰って懐いていた。

「直ちゃんだ！　遊ぼーー！」

無邪気にはしゃぐ菜子を見ていると、私も幾分か心が晴れる気がした。

「悪かったわねえ、忙しいのにわざわざ」

リビングの椅子の上に立って電球を交換している私の元に、母が両足でひょこひょこと歩いて来て言った。だいぶ足も良くなったようだ。

「全然。これくらい、いつでも呼んでよ」

母も母なりに気を遣ってくれているのだと感じて、少しホッとする。

直哉は平日の昼間なのに暇らしく、菜子と床にボールを転がし合って遊んでいる。

「ねえ、そういえば、直ちゃんてどこ就職したの？」

「ん、今の時代、就職なんて負け組がすることだよ」

と直哉がボールをキャッチしながら答える。

「え？　じゃ、勝ち組は就職しないで何してるの？」

「まあ、デイトレードとか、色々ね」

「何それ。大丈夫？　てか、何でここに来てんの？」

直哉はニッと白い歯を見せ、待ってましたとばかりにリュックから『種と果実』の単行本を十冊ほど取り出してきて、私の前にポンと置いた。

「これに、サインして欲しくて」

「何で？　こんなに沢山？」

「うん、まあ。友達に頼まれて」

と用意したサインペンを渡してくる。

おおかた誰かに売りつけるか、好きな子にでもあげるつもりなんだろう。今さら私のサイン本を欲しがる人なんて居ないよ、と教えようとしたが、やめておいた。

「や、俺の周り結構いるんだよ。真紀ちゃんのファンって人」

「へー、どーせ『種と果実』だけでしょ」

「違う違う。最近のもすげー良かったって。言ってた」

「最近の？　何て作品？」

「えと、何だっけな。多分アレ。あの一番最近の……」

どうせ一冊も読んでないくせに。からかってやろうと顔を覗き込むと、

「や、真紀ちゃんは本当すげーよ。俺これでも尊敬してんだからね。これからも頑張ってよ」

と誤魔化すように笑った。

おべんちゃらだと分かっていても悪い気はしなかった。私は単行本の表紙を開き、渡されたサインペンを走らせた。

「はい。こんな感じでいい？」

「バッチリ。で、この一冊だけ『ユナさんへ』って書いて」

「ユナさん？　誰？　彼女？」

「いーからいーから。チャチャッと書いちゃって」

そんなやり取りをしていると、母がお盆に飲み物を載せてひょこひょこ運んで来た。

「ああ、お母さん、私がやるのに……」

「いいのいいの。はい。なっちゃんはジュースね」

菜子がわーいと駆け寄ってくる。

「どう？　足の調子は？」

「うん、大分いいの。もうすぐ松葉杖も卒業できそう」

「ほんと無理しないでね、ゆっくりでいいんだし」

「そうゆっくりもしてらんないわ。お父さんの相続のことも溜まっちゃってるし。色々と忙しいのよ」

母は昔から、「ああ忙しい」が口癖だった。確かに忙しそうではあるのだが、それを敢えて子供たちに、特に長女である私に、誇示するニュアンスが少なからずあり、どこか非難されているような気持ちになる。

「だから、それは私がやるってば。今の原稿が片付いたらすぐやるから。せっかくこっち戻って来たんだし」

「いいの、私がやる。それよりあんた、大丈夫なの？　裕一さんとは」

「え？　どうして？」

私はサインの手を止めた。

「こないだの事もそうだけど、もう少し気を遣わなくちゃ。家の事だってきちんとなさいよ。あんなに散らかり放題じゃ、そのうち愛想尽かされちゃうわよ」

ああ、これが本題だったか、と思う。

昔から母と私は、この辺りの折り合いがとても悪かった。母はかつて一度だって父をキッチンに立たせたことはなかったし、掃除道具を持たせたこともなかった。

「大丈夫。家の事しないのは向こうの方だし」

私は敢えてそう返した。母の考えを否定するわけではないが、私には私の考えがあり、生き方がある。

「だって、向こうはお勤めしてんじゃないの」

母は真顔で私を見た。

「……え、じゃ何？　私は遊んでるって？」

思わず語気が強まってしまった。

さっきまで和らいでいた心が、急速に冷え固まっていく。

母は無言で立ち上がると、全員の飲み終わったコップを集めてお盆に載せ始めた。

「お母さん、私がやるってば」

立ち上がった私に、母は顔を向けようとせず、ひょこひょこと覚束ない足取りでキッチンへ行ってしまった。

直哉は我関せずと言わんばかりに、菜子とボール遊びに興じている。

キッチンから洗い物の音が響き出し、少し後に母の声が聞こえてきた。

「こっちに引っ越しきて貰ったことだって、私、本当は申し訳ないと思ってんのよ。私たちはお互い便利でいいけど、裕一さん、通勤に時間かかっちゃうの我慢してくれてんでしょう」

なぜ、母が裕一に申し訳なさを感じるのか。それをなぜ、あたかも私の我儘《わがまま》のせいかのように突きつけてくるのか。裕一と夫婦なのは私であり、これ以上割り入ってきてとやかく言われるのは、母とはいえど鼻持ちならなかった。

だがキッチンとの間に壁があるおかげで、会話はそこで終わりとなった。それで良かったと思った。

夕方、どんよりした気持ちでマンションに帰った。

エントランスに着くと、菜子が「あ！　おとなりのおじちゃん！」と声をあげた。

見れば、集合ポストの前で、スウェット上下姿の細身の中年男性が、届いた郵便物を開封している。

「ねーおじちゃん！　またあそぼうね！」

と菜子が駆け寄っていく。

「ん？　またって？」

「こないだお家で一緒にあそんだんだよ。ねー！」

菜子が親しげな笑顔を向けると、男性が微笑み返した。

ちょっと待てよ、と思う。

「え……もしかしてあの日、ご主人もいらっしゃったんですか？」

「おじちゃんがお風呂で洗ってくれたんだよ。ねー！」

「……お風呂!?」

身の毛がよだった。一体どういうことか。よその子が家に来たのに親に声もかけず、その上勝手にお風呂に入れた？　どう考えてもおかしくないだろうか。

「楽しかったね！」

「うん。本当に楽しかったよ」

男性がうっすらと笑い返した。

変質者、という言葉が私の頭を支配した。

二人は親しげに階段を登っていき、仕方なく後を追う。四階までの距離が途方もなく長く感じられた。

そんな中、ふと男性が抱える郵便物を見てギョッとした。それは『種と果実』だった。つまり、この人は私の正体を知っていて、私に興味を抱いている……。柔和な印象だった男の顔が、一転して生臭い妖怪のようにしか見えなくなっていた。

男は私の視線に気づき、

「あ、これ。な、なっちゃんがオススメしてくれたので、読ませて頂きます」

とどこか言い淀《よど》むような口調で説明し、その後は黙り込んだ。三人の足音だけが、洞穴のような薄暗い階段に響き続ける。

長い廊下を経て、ようやく家の前に辿《たど》り着いた。男は菜子に向き直ると、

「なっちゃん、また遊びに来てね」

と薄く笑い、次に私の方を見た。

「そうだ、お母さんも是非一緒に。つ、妻も喜ぶと思いますから」

私は、その目を直視することができなかった。

男は菜子に小さく手を振ると、家の中へと入っていった。


男と別れてすぐ、菜子にお風呂の件について尋ねたが、五歳児の覚束ない説明では要領を得なかった。どうやら娘の手や顔が何かで汚れてしまったので、その汚れを風呂場で洗って貰ったということらしかった。裸にはなっておらず、浴槽にも浸《つ》かってないらしいことだけは確認できたので、ひとまず胸を撫《な》でおろした。

しかし夕飯前、床におもちゃを広げて遊んでいた菜子が、

「ねえママ。明日、おとなりにあそびにいかない?」

と朗らかに言った。

　私は一瞬固まってから、体を屈め、娘の顔を正面から見つめた。

「なっちゃん、もうお隣には行かないよ。今度誘われても、絶対に付いてっちゃダメだよ」

「えーなんで？」と菜子は不満げな顔を見せる。

　私はしばし考えた。この子に何と伝えたらいいのだろうか。人を信じるなとは言いたくないし、陰口も叩きたくない。だが、世の中には善人の仮面を被ってとんでもない悪事をはたらく人がいることを、ちゃんと教えなくてはいけない。

「だっておじちゃん、またあそびに来てねって言ったよ」

「うん、でもダメなの」

「やあだ、行きたい」

「でもダメなんだって言ってるでしょう！」

　ついつい声を荒げてしまった。菜子は一瞬固まり、その後ショボンと俯《うつむ》いている。

「なっちゃん、ごめん」

　私は娘の顔を覗き込み、おもちゃを握りしめる小さな両手をそっとすくい上げた。

「でも、お隣はダメなの。危ない人達だから。ね？　ママの言うこと聞けるよね？　あの人たちとはもう絶対口きかない。分かった？」

菜子は黙ったまま小さく頷《うなず》いた。左右二つに結んだ細い髪の毛の束が揺れるのを見て、この間切ったばかりなのに、もう随分伸びたなと思う。これを書き終わったら美容院に連れていこう。

「分かったよね？　お願いね」

細い髪の束が再度揺れるのを見て、私は娘の背中をぎゅっと抱きしめた。

8

いちばん初めは店長が連れてってくれたんだった。店長、名前忘れちゃったけど、前にバイトしてたゲーセンの店長、何て名前だっけな。久々にスロットで勝ったから奢《おご》ってやるよって言われて。キャバクラなんて別に興味なかったけど、まあ奢りならいいかと思って付いてった。丹羽《にわ》さんと一緒に。それが俺のキャバクラ初体験。

クラブ・New Romanceっていうありがちな名前の店で、店内の雰囲気も女の子たちの顔ぶれも、まあ、郊外のキャバクラってこんな感じだろうなっていう、想像を超えない感じだった。可愛い子もまあいるし、確かに悪くはない、けど、自分で金払ってまで来たいかというと微妙だと思った。だからまさかそこで、自分がガチでニューロマンスに出会うとは、想定外だった。

女の子が二回入れ替わって、三番目に来た子は、それまでとタイプが違った。黒髪のストレートで、ドレスの露出も少なめで、一見、あれ、この子ってキャバやってんの？　って感じの、普通に大学とかにいそうだなっていう雰囲気だった。へーこういう子って何でここで働くんだろ、お金に困ってんのかな、とか考えてた。それがユナちゃんだった。

ユナはまず接客の感じがよかった。すごい自然体っていうか、夜の店っぽくなくて、友達とか彼女といるような感覚。それでいて細かいとこにも気が回って、こっちが楽しく過ごせるように、さり気なく気を遣ってくれてんのが分かった。

話もめっちゃ楽しかった。正直、それまでの女の子とは出身地とか趣味とかばっか聞かれて全然盛り上がんなかったけど、ユナは自分のことも語ってくれるし、こっちの興味も摑んで話を広げてくれるし、すごい深い話ができた。この人頭いいんだろうなーと思った。多分もうこの時点で、けっこう好きになってた。

聞いたらやっぱり大学生で、S大学の文学部のなんとか専攻の四年生だって言ってた。で、何でキャバクラで働いているのかは何か訳ありっぽかったけど、そこは敢えて突っ込まなかった。

文学部っていうから小説の話とかになって、

「水沢玲って知ってる?」って一応聞いてみたら、

「『種と果実』の大ファンだった」って言われて、ちょっとテンション上がった。

真紀ちゃんが賞とったのは十年くらい前だし、俺の一個下ってことは当時まだ小六とかなのに。この年代にも知名度あるんだって知って、何か嬉しかった。

「俺のいとこだよ」って言おうかとも思ったけど、いきなり最終カード切るのもアレかなと思い、

「俺一応知り合いだから、サインとか貰えるかも」ってとりあえず言ったら、

「ほんとに? すごいねー!」って食い付いてきて、これは使えるなと思った。

キャバクラに金使うのは嫌だけど、ユナに会うにはNew Romanceに行くしかない。一人で行くのは何となく恥ずい気がして、丹羽さん誘ってみたけど普通に断られて、仕方なく二回目は一人で来店した。それが先週。

で今日は、こないだ真紀ちゃんに貰ったサイン本持って、三回目の来店。ユナが出勤してることはLINEで確認済み。金に糸目は付けず、すぐに指名した。

出て来たユナは、今日は白の水玉のドレス。ノースリーブから伸びている二の腕の白さがいい。早速サイン本を取り出して渡す。

「はいこれ、プレゼント」

「えー、なあに?」

「中開いてみ」

「あ、水沢玲さんのサイン!」

「そうそう」

「えー本当だったんだ。知り合いって」

「まー貰うの結構苦労したけど、どうにかかね」

と、ここまでは想定通りだった。

だけどその後、ユナはそれほど感動した様子も見せず、サイン本を適当に脇に置いてドリンクを作り始めた。これは想定と違った。

「……あれ、ユナちゃん、水沢玲のファンって言ってなかったっけ?」

「あーうん、ファンだったよ。中学生の頃だけど」

「じゃ、今は違うんだ?」

「そうだねー、最近は全然読んでないかな」

「へー、何で？」

「だって面白くなくなっちゃったんだもん、水沢玲さん」

「……そうなんだ」

「なんか、登場人物の描写もいまいち浅い気がするし、ストーリーも薄っぺらい感じしない？」

「……あー、そっかー」

何だよ水沢玲、ダメじゃん。所詮一発屋か、と思った。

ユナは、今は笠原凜さんにハマってる、と言っていた。その人なら俺も知ってる。今人気の美人小説家で、こないだネットだかテレビだか、何かに出てたのを見た。真紀ちゃんだって、一昔前は若い美人が賞とったってすごい話題になってたけど、今じゃもうおばちゃんだからな。チヤホヤされないわけだわ。

落ち目の人を見てるのって何かやるせない。あの人昔は良かったのにねー、とか勝手に同情されたりして、惨めっていうか。自分のことじゃないけど、こっちが悲しくなってくる。

俺が若干凹《へこ》んだように見えたのか、ユナが気を遣って、でも今の時代は作家さんも大変だよね、才能だけじゃやっていけないみたいだしね、とか言ってフォローしてきた。俺は、うんそうだよね。じゃあ因《ちな》みに才能以外に何が要るんだろう？　って軽い感じで聞いてみたら、ユナは少し考えて、

「読者が思わず読みたくなっちゃうような斬新な打ち出し方とか、プロデュース力的なやつじゃない？」って言った。

なるほどなるほど、確かに、と納得する。真紀ちゃんに足りないのってまさにそれだ。あの人、年齢の割になんか古臭いんだよ。キャッチーさがないっていうか。きっと誰かいい感じにプロデュースしてくれる人がいれば良いんだろうな、などと考えてるうちに、ユナに別の指名が入ったらしく、ヘルプの人と入れ替わりになってしまった。

ヘルプの人、俺より十くらいは上じゃないだろうか。全くテンション上がんない。安い焼酎の水割りなんてそもそも全然飲みたくないし、今日はもう帰ろう。

9

それから一週間くらい経《た》って、真紀ちゃんの新居に行ってみた。同じ小説家だったら笠原凜と知り合いの可能性高いし、何かのツテでサイン頼めそうかもと思って。

ウチからスケボーで十五分くらいで到着。スマホのマップでみると確かにこれなんだけど、想像してたよりけっこうボロいマンションだった。ベランダに干してある洗濯物とかから察するに、住んでる人たちの生活レベルはあんまり高くなさそう。あーあ、やっぱりあの人落ちぶれたんだなーってリアルに実感。裕一さんもああ見えてあんまり稼いでないのかもな。

とか考えてたら、そこで超絶おもしろい光景に出くわした。

四階のベランダに、何かカバに似たでっかいおばさんが出て来て、布団を干したなーと思ったら、どっかから太い棒みたいなの出して、ブツブツ喋《しゃべ》りながら布団を叩き始めた。叩いてるっていうか踊ってる？　すごいリズミカル。気になって思わず見てしまう。

そのうちどんどん乗ってきた感じで、本人楽しくなっちゃってるんだろうね、熱唱し始めました。何か歌謡曲っぽいメロディ。恋する乙女が何とかって歌ってる。めっちゃ気持ちよさそう。

そうこうしてたら、今度は隣のベランダがバーン！　て開いて、真紀ちゃんがすごい形相で飛び出してきて、

「あの、いい加減やめてもらえませんか？」

っていきなり隣のおばさんに文句をつけた。

この時点でだいぶ面白くて、速攻でタブレット出して動画を撮った。

「あのさあ、いま昼よ？　昼に布団干して何が悪いのよ？」

「うるさいからに決まってるでしょう。非常識過ぎますよ」

真紀ちゃん普段冷静っぽいのに、かなりぶっ込むなって思った。きっとおばさんが前からこんな感じで、けっこう限界きちゃってたんだろうな。

「あのさあ、こないだも言ったけどさあ、非常識なのはあ・ん・た・な・の！」

とおばさん。

「昼に布団干すのと、子供放ったらかしにするのと、さて、どっちが非常識？　聞くまでもないわ！」

ってどんどん攻撃する。真紀ちゃんは言い返せず、ずっと黙り込んでる。

そしたらおばさんが突然、

「非常識〜♪　非常識〜♪　ど〜考えても、非〜常〜識〜♪」

って演歌風にこぶしをきかせて歌い始めた。しかも、その曲に合わせてまた布団を叩き出す。

気付けば、野次馬がそこそこ集まってきて、みんな興味津々に見つめてる。

「ていうかこれ、生活音だから！　文句言われるなんて筋違いなの！」とおばさん。

そこで、真紀ちゃんがようやく反撃した。

「……生活音？　それが？」

「そう。れっきとした生活音！」

「そのヘッタクソな歌が、生活音？」

「……何よ、ヘタクソって」

「あれ？　まさか、自分が歌うまいって思ってます？」

おばさん、自分で歌うまいって思ってたな。

「思ってたんだ～。ウケる～」

やや小馬鹿にする感じで笑う真紀ちゃん。

野次馬たちもちょっと笑っちゃってる。二人とも声がでかいから、めっちゃ響いて聞こえてくる。

と、おばさんがいきなり「はあああーーー！」って奇声をあげて、部屋に戻っていってしまった。真紀ちゃんもそれを見て、せいせいした感じで部屋に入っていって、バトルはこれで終わりかと思った。

でも、実はここからだった。

おばさんが古いでかいラジカセみたいなやつ担いできて、スイッチを入れた。

いきなり♪チャ～ンチャ　チャ～ンチャ　チャ～　チャラ～ンて、大音量の音楽が流れ出した。あの、運動会のリレーの時に流れるようなアップテンポのやつ。それに合わせて「非常識！　非常識！」って歌いながら布団を叩き始める。

野次馬の皆さん、めっちゃ笑ってます。

真紀ちゃんが飛び出してきた。

「なに⁉」

「音消しよ、音消し！　アタシのヘッタクソな歌が聞こえないようにね！」

「ええ……頭おかしいですよね？」

「さ〜あ。アンタのご要望通りにしてあげただけ〜」

おばさん、いよいよ調子に乗って布団を叩く。

さあ真紀ちゃん、困っちゃってる。

と、思ったら、あの人何考えてんだろ、急に柵の間からおばさんの布団を摑んで引っ張った。おばさんは慌てて止めようとして、二人で布団の引っ張り合い。

その勢いで布団がフワッて飛んじゃって、四階から落下していった。

「あーーー‼」って叫ぶおばさん。野次馬たちも「おーーー」ってどよめく。

それでもおばさんはめげなかった。すぐにもう一枚干してあった敷布団の方を逆サイドで叩き出して、懲りずに曲に合わせて叫んでる。

真紀ちゃんも真紀ちゃんで、近くにあったデッキブラシを持って、柵の隙間からおばさんを攻撃。おばさんすかさず布団の棒で反撃。フェンシングが始まる。

最終的には、真紀ちゃんもなぜかおばさんのダンスを真似して踊り出して、二人で踊りながら罵倒し合ってた。あの人も相当ヤバイな。

近所の人たちがどんどん窓から顔出して、通行人も立ち止まってて、いつの間にか結構な人数が見物してた。

意味不明すぎて面白いけど、そうこうしてたら、もうすぐバイトの時間。

あー笑った。この動画、ＹｏｕＴｕｂｅにアップしたら再生回数稼げるかもしれない。今日は笠原のサインは頼めなかったけど、それはまあ、今度にしようと思う。

10

その夜は、菜子の六歳の誕生日パーティーをすることになっていた。

私は珍しくケーキの予約をしっかり済ませ、朝から気合を入れてご馳走《ちそう》の下ごしらえをした。

ここ最近はずっと二人きりのご飯だったし、たまに三人で顔を合わせれば私と裕一が口論ばかりだったので、菜子は平気そうに見せていても本当は色々と我慢していたと思う。だからこのパーティーは、今までの分を挽回するくらい楽しませてあげたい。そう思っていた。

だがそのお昼に、ベランダで信じがたい喧嘩をしてしまった。

まさか、自分があれほど理性を失った行動をとるとは思わなかった。今も信じたくない。でもあの時プツン、と堪忍袋の緒が切れるような音が聞こえた気がして、その後はもう、体が勝手に動いていた。ご近所の人が見ていようが、抑えられなかった。

そのせいで、午後は何をしても全く手に付かなかった。気付けば無意識にあの人のことを考えていて、膨れ上がった恨みで頭が破裂しそうだ。

一体どうしてこうなってしまったのだろう。振り返ってみればここへ来てからの一ヶ月と少し、何もかもが悪化している。仕事の状況も、夫や母との関係も、娘に対するあり方も。そしてそれは、全てあの隣人が原因なのだ。毎朝繰り返される騒音のストレスも、菜子を連れ去られた時の引き裂かれるような恐怖も、ダメ母だと糾弾される屈辱も、全部あの人がもたらした。まるで疫病神《やくびょうがみ》のようだ。

このままあの人に人生を壊されていく……そんな胸騒ぎが止まらない。あの人に追い出されると思うと癪に障るが、意地を張らず早々に逃げるべきなのかもしれない。


夜、パーティーの段になっても、鬱々とした気分は続いていた。

「本っ当に最悪だったよ。まじで頭狂ってるよ」

裕一に今日の出来事を夢中で話していて、キッチンに何をしに来たのか忘れてしまった。仕方なくまたダイニングに戻る。

「このままじゃこっちまで頭狂っちゃいそう」

「真紀、もうやめようよ。菜子のお祝いなんだから」

と裕一が口を挟む。

そう、だからこそ先に、夫にこの問題を共有したいのだ。それを済まさなければ、楽しくパーティーする気分になどとてもなれそうにない。

「ていうか、ライター取りに行ったんじゃないの?」

「あ、そうだった」

再びキッチンへ行き、引き出しを開ける。ぎゅうぎゅうと無秩序に詰め込まれたカトラリーを見て、鬱屈した気分がいっそう重くなる。

「だってさ、あんな狂った人初めてだもん。マジで意味不明なんだもん」

「でも、真紀もヒートアップし過ぎなんだよ。だから向こうが余計怒るんだって」

思わず、ライターを探す手を止めた。

「え、それって、私が怒らせてる原因ってこと？」

「や、て言うか、これ以上火に油を注ぐ必要はないんじゃないのってこと。ねー、ロウソク点けるから、早く」

急かされて、腑に落ちないままライターを探し出し、ダイニングに向かう。

「なーんか……他人事だよね、裕ちゃんは」

今じゃない、と分かっているのに、腹に溜まった鬱憤を吐き出さずには居られなくなる。

「じゃあさ、裕ちゃんも一回試しにあのクッソうるさい騒音の中で仕事してみてよ。絶対冷静になんて居られないって分かると思うよ」

「ねえ、早くライター貸してよ」

「どう？　それでさ、一回あのババアと一対一で話してみたら……」

「あのさあ！　だからそういうクソとかババアとかやめようって言ってんの。菜子の前だろ」

「だって、全然分かってないよ」

私だってこんなこと言いたくない。菜子が楽しみにしていたパーティーだ、早く全力で祝ってあげたい。ただその前に、この苦しさを裕一に分かって欲しいだけだ。

菜子はさっきまで満面の笑みではしゃいでいたが、可哀想に、今は黙って俯いたままケーキの一点をじっと見つめている。

私が黙り込むと、裕一も無言のまま、私の持つライターに手を伸ばしてきた。

私は反射的に右手を引っ込める。

「なに？」

渡したくない。渡してしまえば、ケーキに火が灯《とも》され、パーティーを始めることになってしまう。

「貸してよ、早く」

「……やだ」

小さな舌打ちが聞こえ、裕一が立ち上がって、私の右手を摑んだ。取られてなるものか。テーブルを挟んで揉み合いが始まる。力いっぱい抵抗するが、たちまちもぎ取られそうになり、ああ嫌だ、と思った次の瞬間だった。

裕一の肘が、勢い余ってケーキのど真ん中に直撃した。

「あっ」

「はっ……」

全員が息を呑んだ。

裕一がゆっくりと肘を上げると、シャツは生クリームでベットリ。苺《いちご》とマジパンで綺麗にデコレーションされていたケーキは、見るも無残にひしゃげて残骸のようになっている。

うえええーーん……と堰《せき》を切ったように、菜子が泣き出した。

「なっちゃん、ごめんね」

顔をくしゃくしゃにし、長い睫毛《まつげ》の間からとめどなく涙がこぼれてくる。抱きしめようとしてもイヤイヤ、と拒まれ、どうすることもできない。

裕一が無言で立ち上がり、部屋を出て行った。少しすると、ドアの向こうから洗濯機の起動音が聞こえてきた。

私はぼんやりと立ち尽くした。目の前のテーブルには、まだ全く箸をつけていないスコッチエッグやらラザニアやらが並んでいる。こんなにきちんと料理をしたのは、一体いつぶりだっただろうか。

しゃくり上げる娘の声と、洗濯機の回転音だけが、ずっと耳に響いていた。

11

いよいよ引っ越すべきかもしれないと思う。

風水や占いの類はほとんど信じていないが、これほどまで悪い事が重なると、どう考えてもこの家が運気を下げているとしか思えない。最初、この物件に希望を見出して舞い上がってしまった自分を、いま問いただしてやりたい。かつてアンタの直感が当たったことがどれだけあったのかと。

一度、裕一と冷静に話し合わなくては。あのパーティーの喧嘩の後、まだ一度も顔を合わせていない。生活がすれ違っているために、心にまで溝が生じている気がする。放っておけば溝は徐々に広がり、そのうち二度と戻ることはできなくなる。

ここ数週間はそんなことばかり煩悶しているせいで、執筆の方は全くというほど進んでいなかった。

その日、直哉が「相談があるから会いたい」と連絡してきた。どうせロクな相談じゃないことは明らかだが、今は誰かと話せるだけで救われる気分だ。散らかり放題の我が家を晒すのは直哉とはいえど気が引けるので、自宅近くの公園で会うことになった。

直哉は待ち合わせ時間より十五分遅れて、スケボーで悠々とやって来た。そうして片足でスケボーを遊ばせながら、私がダラダラと吐き出す隣人の愚痴を興味なさそうに聞いていたが、

「ていうかさ、作家なんだから、そーいうのこそネタにすれば？」

と突然口にした。

「そんな適当な。こっちは超深刻な事態なんだから」

「うん。だからこそ、真に迫る描写ができるんでしょ」

と真顔で言う。

「……え？」

私はブランコを揺らしていた足を止め、直哉を見た。

「最近の真紀ちゃんの小説はホラ、イマイチ人物描写が浅いって言うか、薄っぺらい感じなワケじゃん」

「は……？　あんたに何が分かんのよ」

「やや、だからこそ、この逆境をむしろプラスに考えてさ、ネタとして利用すべきなんだって」

まてよ、それは確かにアリかもしれない。不意に胸が騒ぎ出す。

これだけ強烈に吐き出したい心情があれば、筆が進まない筈がない。

頭の中にサッと光が射《さ》したような感覚を覚え、にわかに鼓動が速くなる。

「作家はさ、自分の経験全てを糧にしないと」

「……もういい。素人は口出さないで」

なぜこれまで気付かなかったのだろう。今、一秒でも早くパソコンに向かいたい。

「俺、面白いと思うよ、布団おばさんキャラ」

「もういいってば。……ていうか何？　用があるって？」

「そうそう、またサインして欲しくて」

直哉は、でかいリュックからペンと単行本の山を取り出してきた。

「もー、また沢山」

しかし、それは私の著書ではなく、表紙に『笠原凜』の名前がある。

「ん、これは？」

「適当でいいから、笠原のサインして」

「はあ!?　なんで私が？」

「なんか、サイン上手いから」

「バカじゃない。嫌に決まってるでしょ」

「大丈夫大丈夫。適当に、それっぽい感じで」

こんな奴に付き合っている暇はない。私はブランコから立ち上がり、直哉に別れを告げて、自宅へと急いだ。

歩きながら構想する——主人公はやっぱり母親がいい。その夫と幼い娘、隣の女と、その夫がメインキャラクターになる。テーマとしては、ごくごく普通の生活者の幸せに焦点を当てよう。平穏を奪われる恐怖や怒り、絶望からの決起を描く。生活をかけた女の戦いの話だ。一見地味だが、エンタメ風に誇張すれば読者もとっつき易く、幅広い共感も呼べるのではないか。

アイディアが次々と膨らんで、キーボードまでの距離が妙に長く感じられる。早く、早く書きたい。自分の歩幅の小ささすらもどかしく思えた。


ようやく書斎に辿り着くと、一目散に執筆ソフトを起動し、おもむろに一行目に文字を打ち込む。

タイトルはもう決まっていた。『ミセス・ノイズィ』だ。

12

「虫がいるんだよ」って、茂夫《しげお》さんが最近しきりに言ってた。

夜眠っているときに、お腹だとか足の指だとか、時には顔の方にまで、ゴソゴソと何かが動いているようなこそばゆい感じがあって目が覚めるんだって。それで一体何だって見てみると、何匹もの黒い小さな虫が布団のあちこちに這い回ってるんだって。何匹くらいかって聞いたら、数えきれないくらいだって。

そりゃ一匹なら分かるけど、何匹もって、しかも何日も出てくるってのはやっぱり変よね。私なんか毎日掃除してても一度だって見たことないし。それは夢じゃないかって言ったんだけど、茂夫さんは夢じゃない、本当に見えるんだって頑として譲らなくて。私仕方なく、パートの帰りにホームセンター寄って、スプレーの殺虫剤買って来た。まあ、それで本人が安心できるならいいかなって。

そうしたらあの人、その殺虫剤を毎日のように使い始めた。しかも、一度に結構な量を噴射して、部屋が臭いのなんのって。それに、虫を殺すためのものなんだから人間の体にだって良いわけはないし。何よりも、実際にはいない虫なのに。それを一生懸命に殺そうとする姿を見てるのが、もう辛くって辛くって。

今回の虫のことは一ヶ月前くらいに始まったけど、今までにもこういう類のことは度々あった。数年前は、とにかく丸いものが怖いって言ってた。ほらボールとかお皿とか、そういう丸いものを見ると恐怖に襲われて居ても立ってても居られなくなるって。あとまた別の時期は、人の声にやたらと怯《おび》えてたこともあった。

幻覚って人によって現れ方は全然違うらしくて、原因も、病気そのものの場合もあれば、薬の影響だったりすることもあるらしくて。

最初に茂夫さんが病気の診断をされたのが十三年前、四十歳の頃だった。それから何度かお医者さんを変えながらずっと薬を服用してて、少し良くなったかと思えば、また悪化したりを繰り返して、私ももう、何をどうすればいいのか分からなくて、本当に苦しかった。ここ一、二年は新しいお医者さんに「減薬してみましょうか」って言われて、その方針がどうやら本人に合っていたみたいで。だいぶ調子が良さそうだから少しホッとしてた。一人で家の外に出るのはまだ難しいけど、毎朝ちゃんと起きて、窓を開けて太陽を浴びて、ちゃんと食事して。医者に言われたラジオ体操もたまにしてたし、あとはそう、英会話。ラジオでやってるのを録音するようにして、日中私がいない間に勉強するようになった。これは大きな進歩。テキストもちゃんと毎月揃《そろ》えてた。

だから、いい傾向だと思ってたのに。今回の虫のことが始まって。しかもだんだん酷くなっていくようだし、これはどうするべきかって結構悩んでた。

で、ある時、そうだ払い落とそう、ってひらめいた。

大体六時前くらいに、茂夫さんが寝てる部屋からガタガタッて飛び起きる音が聞こえたり、日によっては悲鳴が聞こえてくる。そうしたら私も飛び起きて、隣の部屋に駆けつけて、今までだったら宥めたり、殺虫剤撒《ま》くのを見守ってたりしてたんだけど、その日は「茂夫さん、大丈夫」って止めて、布団を丸めて持ち上げて、「私が虫を払い落としてくるわ」ってベランダに出て行った。

もちろん虫なんて一匹も付いてなかったけど。それでも布団を棒で叩いてみせて、「あー、虫がどんどん落ちていくー」って伝えたら、意外とそれで本当に虫が見えなくなったらしいのよね。なーんだ、こうすれば良かったんだって思って。

それ以来、ずっとそうしてる。

隣の家族が引っ越してきたのは、私が虫を払うようになってから一週間もしないうちだった。引っ越し業者が、洒落《しゃれ》た今風のソファやら机やらを運んでたから、きっと若い夫婦だろうなって思った。

で、なっちゃんと会ったのはその翌朝。私が布団を叩いてたら、隣のベランダの仕切りの間から、あの子がちょっこり顔だして覗いてた。背が小さいから一生懸命背伸びして、ちょっと不安そうな顔で。その様子がもう可愛くって。「あら、お早う」って声かけたら、あの子が「何してるの?」って尋ねてきたから、「おばちゃん、お布団干してるのよ。フカフカになーれって」って答えた。だって、見えない虫を払い落としてるなんて言って分かるわけないから。

そしたらなっちゃん、黙って部屋に戻っていっちゃった。やっぱりあれ位の年頃の子って、感情はしっかりしてるんだけど、まだ言葉が追いつかないのよね。どう返していいか分からなかったんでしょうね。

仲良くなったのは、その日の午後だった。私が農家のパートから帰ってきた時だから三時くらい、マンションのエントランスから、あの子がトコトコって出てきた、青いゴムまり抱えて。ママと一緒かなって思ったんだけど、一人きりだった。公園に行こうとしてたみたい。

「ママは？」って聞いたら、「お仕事してる」って言うから、ちょっと心配になっちゃって。だってまだ五、六歳だし、最近は何かと物騒だから。しかも、引っ越してきたばっかりで、迷子になったりしないかしらんとか。それで私、「じゃおばちゃんが一緒に行ってあげるよ」って言って、公園に付いて行くことにした。

あの子、最初は少しだけ警戒してたようだったけど、子供が打ち解けるなんてすぐだった。公園に着く頃にはもう、パパとママの年齢も、好きな男の子の名前も、みんな把握してたくらい。結局子供って、自分を理解してくれたり味方してくれる大人を求めてんのね。特にああいう、母親に放っておかれがちな子は。

公園では色々遊んだけど、いちばん盛り上がったのはブランコ。私、ブランコ乗ったのなんて四十年ぶりくらいじゃないかしらん。久々に乗ったら案外楽しくって。あのスリルがいいわ、胃の奥がフワッとなって、クセになる感じ。私、年甲斐もなく張り切ってこいじゃって、なっちゃんも「おばちゃん、たかーい！

すごーい！」って大笑いしてた。

　そうこうしてたら意外と遅くなっちゃって、夕方五時前だったと思うけど、早足でマンションに帰った。で、階段を四階まで登ったら、ちょうど母親が廊下に出てきてて、「菜子！　もう！　どこ行ってたの！」って怒鳴るから、ちょっと驚いちゃった。自分が面倒見ずに子供放っぽり出しといて、おかしいわよ。

　なっちゃん、いつも一人で遊んでるんだって、本人がそう言ってた。引っ越してきたばかりでまだ友達もいないだろうし、公園にでも連れてってやれば仲良しもできるだろうけど、あのママはそんなこと考えないのかしら。あの人、作家って言ってたけど、いくら忙しいって言ったって、一時間や二時間くらいどうにかできるでしょうに。

　だってあの年頃の子供には、とにかく母親が必要なの。母親がいつもそばにいて、別にベッタリってことじゃなくて、見守っていて、何かあった時に後ろ盾になってあげて、甘えたい時に甘えさせてあげる。それでこそ、子供は大きく羽ばたけるんだから。

　その子が将来どんな大人になるかって、ほとんど親で決まると思う。よく、いじめの自殺事件があると校長先生だの教育委員会だのが頭を机にくっつけて謝ってるけど、あんなのちゃんちゃらおかしいわ。だっていじめっ子だって、元からいじめっ子になりたいわけじゃない、親がそう育ててくれなかっただけじゃないの。それなのに、先生ばっか責めちゃって。ほんと、最近変な親がどんどん増えてるみたい。自分のことしか見えてないっていうか。

あの隣の母親もそういうタイプじゃないかしらん。妙に気取った感じのペンネームだったし、水ナントカって言う、忘れちゃった。本名は吉岡真紀っていうらしいのにね、谷本さんから聞いたけど。いや、別に良いんだけど、中身がちゃんとしててくれたら。見栄えとか表向きのことばっかり気にして、肝心の中身がお留守になってる人が困んの。

べつに引っ越しの挨拶に来なかったことをどうこう言うつもりは無いけど、やっぱそういうとこに出ると思うのよね、人間性って。だから少し心配にはなった。だって、こっちは茂夫さんのことがあるもの、お隣が変な人だとやっぱり不安。よくご近所で騒音だのゴミ問題だのってトラブルになってるけど、ああいう厄介なことは絶対避けないと。治るもんも治らなくなっちゃう。

私、結構勘は鋭いから、そういう意味では嫌な予感はしてた。

だって、その夜も、私が布団に入った後だから十一時は回った頃よね、あの人ん家から突然音楽が流れてきて、なーんか耳について眠れなくて。そのうち止《や》むと思って我慢してたら、止むどころか大きくなって、結構遅くまで踊ったり歌ったりするのが聞こえ続けてた。あれ、窓開けてたんだろうね、閉めればいいのに。常識がないって言うか無神経っていうか。作家だから昼夜逆転してんのか分からないけど、近所の人の生活を考えたら夜は静かにしなきゃって思わないのかしら。

病気にとっては生活リズムって一番大事だから、せっかくいい塩梅に整ってきたリズムを崩されるのが私は一番困る。で、気になって茂夫さんの部屋を覗いてみたら、隣の音には気付かずにぐっすり眠ってたから、それ見たら安心して。そしたら私もすぐ眠れちゃった。

だけど、本当に困っちゃったのはその数日後。

朝、私がいつものようにベランダで虫を払い落としてたら、あの隣の母親が出

てきて、すごい形相でこっちを睨みつけてて、
「もう少し静かにできませんか!?」って言ってきた。
あら、うるさかったなら申し訳なかったわ、とは思ったけど、そうは言っても
もう朝だし、夜中まで騒いでた人が言うセリフ？　って内心思っちゃって。でも
まあ、一応謝っといた。今後長い付き合いになるわけだし、悪い関係になるのは
嫌だから。
「すみません。ちょっと訳があって」って言ったら、今度はあの人、まだ六時だ。
こんな時間から布団をバシバシ叩く訳って何だ？　って迫ってきて。仕方ないか
ら、実はウチの夫が……って事情を話そうとしたんだけど、もう全然話せる雰囲
気じゃないっていうか、嚙み付かんばかりの剣幕で、もう部屋に戻るしかなかっ
た。
やっぱり自分しか見えてない人だなって、この時はっきり分かった。相手側に
どんな事情があるかなんて考えようともしない。
だいいち、六時ってもう、お勤めの人とか通学する子供だったら普通に起きる
じゃない。こんな時間に？　って目くじらを立てるほどじゃないと思う。あの人、

自分が世間一般の感覚とズレてることにも気付いてないんだわ。

それで仕方なく私が部屋に戻ったら、案の定ウチの人が「まだ虫がいる！」って騒ぎ出して。「大丈夫、あとでもう一回やり直す」って宥めても全然だめ。だって本人には見えてるんだから、今退治しないと意味がないのね。茂夫さんがあそこまで取り乱したのは久しぶりだったから、私もちょっと慌てちゃって。殺虫スプレー顔面に浴びるわ、床に頭ぶつけるわで、はーまったく大変だった。

そうこうしてたらすぐパートに出る時間になっちゃって、朝ごはんやら掃除やらも全部急ピッチで。それでも家出る前に、もう一度布団の虫はちゃんと払い直したけど。で、大変大変！　遅刻よ遅刻！　ってパニックみたいに自転車に飛び乗って出かけた。

おかげで、私としたことが道の神さまのお供え持ってくんのも忘れちゃってた。まさかと思ったけど、そういえばカバンに入れた記憶もなかった。これまで一日だって欠かしたことなかったのに、本当にウッカリしてたわ。まあ気持ちの問題だし、たった一日お休みしたところで、どうってことないことくらい分かってはいるんだけど。ひとまず昨日のお供えだけはお下げしなくちゃと思って、だってバナナだったし、古くなるとそれこそ虫がきちゃうから、それだけはやった。だけど、パートしてる時もずっと気になっちゃって。結局、帰り道に和菓子屋さん寄ってお団子買って、お供えして帰った。まあ気持ちの問題だし、これでいいのよ。

13

あれ以来、ずっと川を避けて暮らしてきた。

どんな小さな川だって駄目だった。見れば絶対に思い出してしまうから。記憶がどんどん蘇って、後悔と絶望があとからあとから溢れてきて、もうどうにも止まらなくて、息が出来なくなるから。思い出さないように。いや違う、本当はものすごく思い出したい、毎日でもずっと考えていたい、けれどそうすると、苦し過ぎて生きていけないから、食べることも眠ることも出来なくなるから。とにかく生きていくために、川は見ないようにしてた。

もちろん死ぬことだって何度も考えた。茂夫さんだけじゃなく、私だって。数年間はずっとそればっかり考えて、二人で海に入ったこともあった。

でも、どうしても出来なかった。だって私たちが死んでしまったら、それこそ健太《けんた》は本当の意味で居なくなってしまう。私たちが生きてさえいれば、心の中でちゃんと健太は生きている。だからやめましょう。もう健太を失《な》くすようなことは。私たちは生きましょうって、説得した。

そうしてとにかく生きていくため、私たちはこの街に引っ越してきた。健太と暮らした場所にあのまま住み続けられるほど心が強くなかったから。離れるのもすごく辛いけど、生きるために離れるしかないと思った。それが約十二年前。

マンションの南の方に川があるのは分かってた。だからパートは、北側で選んだ。北側に駅前の繁華街があったからちょうどよかった。総菜屋さんのお仕事が見つかって、それからはお店と、家と、買い物のためのスーパーだけを往復する毎日。結局そのお店で七年間くらいお世話になった。すごく気の良いご夫婦で、歳は私の両親より上だけど、本当に良くしてもらって、お陰で何とかやってこれた。でもご主人が五年前に急に亡くなられて、奥さんも一人じゃ切り盛りも大変だからって、お店をたたんで千葉《ちば》の娘さんの方に移られることになった。

そのご主人の葬儀からの帰り道、奥さんに付き添って歩いてたらたまたま川沿いの道に差しかかってしまって。私はすぐに嫌だ、逃げたいって思ったけど、突然逃げ出すわけにもいかないし、どうにかして、目を向けないようにしてた。

その時だった。あの道の神さまと出会ったのは。

道端の木陰で、こっちを見て微笑んでた。あっ！　と息が止まりそうになった。声も出ていたと思う。だってそれは、健太だったから。間違いなく健太が、私を見つめていた。まっすぐな目で、静かに、じっと。

その時に気付いた。ああ、健太は会いに来て欲しかったんだって。私があれ以来必死に避けてきた川で、健太はずっと待ってたんだって。ごめん、ごめんね。逃げていてごめんね。ここに居てくれたんだね。これからは毎日会いにくるよって、心の中で何度も謝った。

嬉しさとか淋《さび》しさとか申し訳なさとか、色々ごちゃ混ぜの気持ちで胸がいっぱいになって、私その場で泣き崩れちゃって。奥さんも親族の方もびっくりしてた。そりゃそうよね、だって葬儀の時はホロリとしか涙してなかったのに、ここで大声でオイオイ泣くなんて。

それから毎日、必ずこの道の神さまに会いに来てる。それはもう、私の一番の楽しみだから。ここで毎日健太とお話してる。このことは誰にも話してない。茂夫さんにさえも。だって、健太は私の心の中で生きてるのだから、私以外の誰かに話して分かることじゃない。茂夫さんの心にもちゃんと生きているはず、だからそれぞれの心を大事にするのがいいんじゃないかって思ってる。

長い間、よその子供を見ることもできなかった。幼い子を見ればすぐ健太の面影が重なるし、中高校生を見ればああ、こうして逞《たくま》しく育っていただろうに、って想像せずにはいられなくて、気が狂いそうになる。

でも道の神さまと出会ってからはこう考えられる。大丈夫、明日も健太にここで会える、って。そうすると胸がスッと軽くなって、ちゃんと笑うことができる。

だから、なっちゃんと出会っても、私は大丈夫だった。笑って挨拶して、可愛いなって感じられた。でも茂夫さんのことは分からないから、家に連れて行くのはまだやめようって思ってた。私が大丈夫でもあの人はどうか分からない。長い間、あの人は通院以外で外に出ないし、子供を目にする機会はほとんどなかったと思うので。

けれどその日、パートから戻ってマンションの階段登ってたら、壁に赤い線が引かれてたのよね。何だろうこれ？　って辿っていったら、四階の踊り場でなっちゃんが壁一面にらくがきしてた。ママの赤い口紅使って。女の子とかクマとか太陽とか、手も顔も真っ赤っかにしてて。私、慌てて止めて、「ママは？　お家《うち》帰ろ」って言ったんだけど、「やだ、なっちゃん家出したから帰らない」って言い張って、どうしても立ち上がろうとしない。「家出したことはママに内緒なの」って。

何があったか知らないけど、とにかくこのまま放ってはおけない、壁も掃除しなくちゃいけない、この子の体も綺麗にしなくちゃいけないと思って、咄嗟に「じゃ、おばちゃんち行こっか」って言った。その後すぐ、ああ茂夫さん、どうかしらって頭をよぎったけど、あの子が「おばちゃんち行って何するの？」って聞くもんだから「それキレイにして、その後オモチャで遊んでもいいわよ」って思わず言っちゃって。そしたらあの子喜んで「行く！」ってすぐに立ち上がった。

心配したけど、茂夫さんは大丈夫だった。なっちゃんに笑いかけて、「いらっしゃい」って言った。私それ見たら涙出ちゃって、隠すのに苦労したわ。ああ良かった、きっと茂夫さんも心の中で健太と会うことができてるんだって思った。

それにしても、なっちゃんは気の毒。ウチに来てすぐにグーーってお腹が鳴って、「お腹空《す》いてるの?」って聞いたら恥ずかしそうに「うん」って頷いてた。まさかと思うけどあの母親、食事も満足に与えてないのかしら。ちょっと心配になっちゃう。だってあの子、右腕に青痣があったのよね。さすがに虐待とか、そんなことは無いと思うけれど。

「ママみたいにお化粧したんだよ」って得意げに見せてくれて、ああ女の子ってこうなんだなって思った。でもその口紅が拭いても拭いてもなかなか取れなくて、結局茂夫さんにお風呂で洗ってもらった。その間に、私は壁の落書きをきれいに掃除して、おにぎり作って。あの子、大きな口でおにぎり頬張ってた。茂夫さんも、それをニコニコ眺めてた。

その後、おもちゃ出して三人で遊んだ。ずっと捨てられなかった健太のおもちゃ。ワニのゲームとか、人の声に反応して踊るお人形とか。なっちゃんが無邪気にはしゃいでくれたから、私たちも自然と笑ってて、そのうち大笑いしてた。茂夫さんが口を開けて笑ってるなんて……何年ぶりに見たんだろう。私、本当に嬉しくて、笑いながら泣いた。なっちゃんと出会えて良かった、ありがとうって感謝した。

長居させるつもりはなかったんだけど、大はしゃぎしたから疲れちゃったのね、あの子がトロンとした目で「お昼寝する」っていうから、「じゃあ少しだけね」って毛布かけてあげて、二人で寝顔を見つめてた。そしたら、いつの間にか三人でお昼寝しちゃってた。

気付いたら外が真っ暗で、驚いちゃって。慌ててなっちゃんを起こして、隣の家のピンポンを鳴らした。最後にあの子に、「ママがお仕事の時はいつでもおばちゃんち遊びに来ていいよ」って言ったら「やったあ」って笑ってた。

その後だった。全てが台無しになったのは。

あの母親がすごい剣幕で飛び出してきたと思ったら、「何考えてんですか!?」って私に怒鳴り散らして。私がいきさつを説明しようにも一切聞く耳持たなくて、話になりゃしない。子供の事情もこっちの事情も全部無視なんだから。さすがに腹が立っちゃって、思わず説教しちゃった。本当に困った母親。お父さんやおばあちゃんはまともそうに見えたけど、あんな人が家族じゃ苦労が目に浮かぶわ。

なっちゃんが不憫《ふびん》でならないけど、あの人に「今度話しかけたら通報する」って言われちゃったから、これからは面倒見てあげるのも難しいかもしれないわ。

それは本当に残念だけれど。

14

丹羽さんと徹《とおる》さんに見せたらやっぱり爆笑してた。あの動画、かなりウケがいい。先週末ＹｏｕＴｕｂｅにアップして、いまもう一万回くらい再生されてる。

徹さんは「収益化すれば？」ってコツとか教えてくれたけど、別にＹｏｕＴｕｂｅｒになりたいわけでもないし、動画を毎日投稿したりとかは面倒だし、それは一旦保留だな。

それよりも一個ひらめいたのは、俺が真紀ちゃんをプロデュースすればいいんじゃないかってこと。

この間会った時、やたら隣のおばさんの愚痴ばっか言ってるから、「だったらそれを小説にしてみたら？」ってアドバイスしてみた。そしたらあの人、それアリじゃんって気付いたらしく、俄然《がぜん》やる気になってた。単純な人だから扱い易そう。元々そこそこは文才あるんだろうし、上手く売り出しさえすれば化ける可能性あると思う。

そもそも俺、そういうことって得意な気がする。昔から人と違うことして注目集めるのとか上手かったし。あと、次はこれがくるとか、流行りの予想も大体当たるし。

だから、ちょっと仕掛けてみようかなって。

とにかくまずは、「水沢玲」の名をバズらせることが大事。そのためにとりあえず、動画のタイトルを分かり易く『水沢玲VS布団おばさん　極限バトル！』に変えた。映像も編集して見やすくして、タグ付けとかサムネイルもちゃんと設定して、再アップ。

これ、もしかすると、いや実はけっこう、可能性ある気がするわ。

15

隣人とのいざこざをストーリーに起こし始めると、不思議と頭と心がすっきり整理されるような感覚があった。確かに裕一の言う通り、あの人と感情的にぶつかっていても消耗するだけだ。かといって大人しく耐え忍ぶ気にもなれない。

あれからも、騒音は毎日のように続いていた。先日、トイプードルの散歩をする大家さんと道で出くわした際、軽く相談してみたが、「まあ、あの家は色々とあるから……」と言葉を濁された。四階の他の二軒はいま空室のためか、特に他からの苦情も聞かないそうで、親身になって動いてくれることは無さそうだった。

そこで私は、改めて裕一と膝を突き合わせ、一度弁護士に相談したいと考えている旨を伝えた。私が隣人について真剣に悩んでいること、その上で冷静に対処しようとしていることを理解してもらう目的だった。これ以上隣人のせいで夫婦が仲違いしているのは莫迦《ばか》らしすぎる。二人が手を取り合うきっかけになればいいと思った。

裕一は「ちょっと大げさだよ」と首を傾《かし》げたが、「とりあえず相談だけ」とどうにか説得した。

高校の友人で弁護士になった子に連絡してみると、彼女はちょうど産休に入ったとのことで、同じ事務所の先生を紹介してくれた。

週末、菜子を母に預け、二人で弁護士事務所を訪れた。

遠山《とおやま》先生は、一見強面《こわもて》で気難しそうな男性だったが、話し始めると親身になって耳を傾けてくれた。私は隣にいる裕一に聞かせたい気持ちもあり、胸のうちを切々と語った。小説を構想しているため、自然と主人公のような心持ちで口調に感情が乗った。

そのせいか、遠山先生も存外事態を深刻だと捉えたようだった。まずは大家さんに動いてもらう、警察に相談する、場合によっては法的手段に出るなど、幾つかの方法を提示してくれた。

「いずれにしても、まずは証拠集めをした方がいいですね」

「証拠集め、ですか？」

「はい、被害を受けているという具体的な証拠です。例えば映像などで状況を記録したり。あとは専門の業者に頼んで騒音値を測定してもらうという方法もあります」

そこで私は、まずは被害状況をビデオに収めることにし、それを持って再度相談させて貰う約束をして、事務所を後にした。

「ハンディカメラを使わせて欲しい」と裕一に頼むと、苦笑いで渋々貸してくれた。

小説の方は、かなりいいペースで書き上がっていった。何しろ自分が味わった苦しみや葛藤を綴《つづ》っていけばいい。思いの丈をぶつけ、どんどん筆が乗っていく。

半分くらい出来たところで、一旦南部さんに送ることにした。自分としては悪くない感触だったが、勢いで書き進めた分、客観的な意見を聞きたいと思った。メールすると、すぐ「拝読します」との返事が来て、その後しばらく音沙汰がなかった。やはり多忙なのだろう、と気長に待った。

すると一週間ほどして、山田《やまだ》さんという別の若い編集者から連絡があった。原稿の件で一度打合せしたいという。いい話だろうか？　期待すると後がしんどいので、なるべくハードルを下げておく。

二日後、菜子を連れて出版社へと出向いた。

出てきた山田さんは、人懐っこい印象の好青年だった。小気味よいリズムの関西イントネーションで、私だけでなく菜子にも親しげに名刺を渡し、席に案内してくれた。

「水沢先生。早速なんですが、先日南部に送って頂いたこの原稿、『ミセス・ノイズィ』、僕も読ませて頂きまして」

「あ、ありがとうございます」

「とっても面白かったです！　この、光子《みつこ》さん？　おばちゃんキャラ、すっごくリアルでいいっすねー！　いるなー　こういう人って。やー、笑った笑った」

と言いながらあっはははは、と笑っている。思わず私も顔がほころんだ。

「ありがとうございます。一応、実在の人物をモデルにしてるんです」

「それでですね、南部とも話したんですが、今僕が担当する若者向けのカルチャ

―雑誌がありまして。連載企画の形に手直しした上で、そちらに掲載させて頂きたいなと」

「……え！　本当ですか」

「このテイスト、若い人にウケると思うんすよね。で、僕が強力にプッシュしまして、上からもゴーが出ました！」

ハードルを下げていた分、心にぱっと光が射す。

「ま、一旦トライアルって感じなんで、評判がイマイチだと連載三回で打ち切りになりますが」

「ええ、分かりました。頑張ります！」

やけに威勢のいい私の返事を聞いて、山田さんがまたあっははは、と笑った。私が照れて笑い返すと、菜子までつられて笑い声をあげた。

最後は三人で熱い握手を交わして別れた。


帰り道、編集部での会話を何度も心で反芻《はんすう》していた。

ようやく運が向いてきたのかもしれない。転居してからの呪われたような日々も、もしかすると全てがここに繋がるためだったのだろうか。そう思うと報われる気がする。

胸が弾み出し、師走の灰色の街の風景が、さっきまでと一変して鮮やかに見える。忙しなく行き交う人々の息づかいも、俄然活《い》き活きと感じる。

「なっちゃん。今日はお祝いだよ」

私はしゃがみ込み、菜子の両手を握った。

「お祝い？」

「よし！ ご飯食べに行こう！ 何がいい？」

「なっちゃん、ハンバーグかオムライス！」

「よっし。じゃ、ハンバーグとオムライス、両方だー！」

私が勢いよく立ち上がると、菜子も一緒に飛び上がった。

「イエーーイ！」

「イエーーイ！」

親子で手を取り合い、ビジネス街を跳ねるように抜けていく。

人々の訝《いぶか》しげな視線など、この際どうでもよかった。今はひたすら、この湧きあがる喜びに身を任せていたい気持ちだった。

16

近頃、世の中がどんどんおかしくなってきてんじゃないかしら。

最近どうもそんなことが増えてる。隣の母親の件はもちろんその一つ、でもそれだけじゃない。昨日の曲がったキュウリのことだってそうだった。

私のパート先の中野《なかの》農園は、いまはビニールハウス栽培のキュウリが最盛期。朝早くから収穫して、お昼過ぎに出荷できるよう、みんなで等級ごとに仕分けして袋詰めする。日によってメンバーは違うけど、大体パートは主婦四、五人で和《わ》気藹々《きあいあい》とやってる。みんな長い人ばっかだし、楽しい井戸端会議みたいな感じ。

そういえば、最近若い男の子も入ってきたけど。丹羽くんていうちょっと変わった子で、芸人になりたいから学校行くんだって。大人しそうに見えて急にツッコミ入れてきたりすんのよね。面白い子よ。「美和子《みわこ》さんと丹羽くん漫才コンビみたい」ってみんな言ってるし、まあ確かにそんな感じはあるわ。

ま、その話は置いといて。おととい中野の奥さんが突然、「今日から規格外のキュウリは破棄してください」って言い出した。

農協に出荷できるのはまっすぐなキュウリだけだから、収穫したうちの二、三割は規格外が出る。今まではそれは直売所に出してたんだけど、手間や経費の割にそれほど売れないらしくて、いっそのこと捨てた方が楽だってなったらしいのよね。

でも規格外って言ったって、すこし見た目が悪いだけで味は他のと全く一緒だし、捨てるなんてもったいないでしょう。だから私、何とかなりませんか、何なら私が直売場に持って行きますからって抗議したんだけど、もう決めたことだって全然聞いて貰えなかった。私ちっとも納得いかなくて、帰る前にもう一回頼んでみたけど、最後は完全に厄介払いされちゃって、仕方なく諦めた。

でも次の日、畑の隅っこに大量のキュウリが捨てられてんのを見て、私どうにもムズムズしてきちゃって。ダンボールに詰めて持ち帰ることにした。どこかのお店にタダであげたら喜んで引き取るんじゃないかって思って。自転車に二箱括り付けて、近所のスーパーに持ってった。

だけど駄目だった。どこも貰ってくれない。スーパーも、人の良さそうな八百屋さんも。タダだって言ってんのに、何なのかしらね。「こういう持ち込みは〜」云々、「手続きが〜」云々、小難しいこと言わずに置いてくれたっていいのに。訳分かんないわ。みんな食べられる物を捨てることがおかしいって思わないのかしら。

それで仕方なく、マンションの前に『ご自由にどうぞ』って書いてダンボール置いといたら、ちょうど犬の散歩してた谷本さんが来て「ここは共用スペースだからやめてください」だって。何なのよ、こっちは共用スペースだから置いてんのに。そんなの私の家に置いといたって誰も気づかないじゃないの。

しかも谷本さん、この機会を待ってましたと言わんばかりに「あの、そういえば」って顔近づけてきて「最近、布団叩きの音のことで近隣から苦情が出てますので」だって。近隣っていうかさ、あの母親でしょ。あの女、大家さんを味方につけようとするなんて、せこいことするわ。どうせ私のこと悪く言ったんでしょうよ。信じちゃう谷本さんも谷本さんだけどさ。だから私、「私は常識の範囲でやってます、非常識は近隣の方のほうですよ」って返しといた。

それから、気になってるのは茂夫さんのこと。最近なーんか夜コソコソしてるなーって思ったら、あの人、隣の女の小説読んでるじゃないの。驚いちゃった。パソコンの裏に三冊、隠してあった。インターネットでこっそり買ってたんだろうね。

『種と果実』ってタイトルのがあって、それ見て、そういえば十年くらい前に若い女流作家が文学賞獲《と》ったってニュースになったなって、思い出した。あの人だったのねえ。まさかそんなすごい賞獲るような人だったなんて、ちょっと信じたくない。だってあんなに常識のない人が？　あんなに他人の気持ちを理解できない人が、人を感動させる小説が書けちゃうの？　人間の心の深い部分なんて描けるの？　全然納得いかない。みんな騙《だま》されちゃってんじゃないかしら。上っ面の面白さとか、カッコつけた文章とかに。

でも逆に考えると、もしかして世の中の偉い作家とか芸術家とかって、実際はあの女みたいに人としては全然ダメだったりするのかもしれない。頭のネジがどっか外れてて、だからこそ他人と違うもんが生み出せるっていうか。ま、本人はそれで世間に持て囃《はや》されていいかもしれないけど、周りの人は大迷惑よ。家族とかご近所とか、とんだとばっちりだわ。

とにかく私が心配なのは、ウチの人が変な影響受けないかってこと。誰よりも純粋で素直だから、良いことも悪いこともまっすぐに受け止めちゃう。それでいつも心がパンクしそうになって、苦しくてもがいてる。だから私がしっかりして支えなくちゃって思うんだけど。

何だろう。なーんか胸騒ぎがする。世の中のおかしな態度もそう。隣の女のこともそう。整ってたリズムがだんだん狂ってきてる気がして。この先何か、もっと悪いことが起きるんじゃないかって……。

だけど、あんまり悪い方に考えない方がいいわね。何があっても、自分が正しいと思うものを信じて二人でやっていくだけ。私は強いし、大丈夫、やっていけるはず。

さあ、今日の夕食もキュウリ三昧。でも美味しいし、全部捨てるよりマシよ。

17

「反響がすごいですよ」と興奮気味の山田さんから連絡がきたのが、年が明けて二週間ほど過ぎた頃だった。

実家から持たされた大量の餅を冷凍しようとフリーザーバッグに詰めていた私は、驚いてネットを見て、さらに心臓が飛び出しそうになった。

まさかと思ったが、あの悪夢のようなベランダの喧嘩が誰かに撮影されていたらしく、ＹｏｕＴｕｂｅに上がっていた。しかも信じ難いことに三十万回以上再生されている。山田さんが言うには、これが連載とリンクして、あの小説は実話では？　と話題になっているらしいのだ。

彼は「これで連載延長は確定ですよ」と喜び、さっそく次に向けて打合せをしましょうと言ってきた。当然、はい、そうしましょう、などと応じられる心境ではない。顔から火が出て、そのまま燃え尽きてしまいそうだ。一体誰が？　いつの間に？　これをどうしたらいいのか？　ああ嘘であってほしい。穴があったら今すぐもぐりこんで居なくなってしまいたい。作家は自分の身を削って書くとはいうが、これでは自分の醜態を晒して注目を集めているようなものだ。


「もー一気に時の人ですね！　水沢先生！」

打合せの席で、山田さんが動画を再生しながらからかうように笑った。

「もう勘弁してください……」

「ミラクルですねー。やーもってますねえ先生！」

明らかに楽しんでいるような振る舞いに、少なからず不安を覚える。

「でもこれ、マズくないですか？　一般人をネタにしてるみたいで」

それが、私が最も気がかりなことだった。この動画を見れば、あの人をモデルに書いているのは一目瞭然だ。私だってこの動画の被害者だが、これすらも私が仕組んでいると思う人がいたっておかしくない。

「しかし、先生が書いてるのはあくまでフィクションですよね？　実在モデルがいるとはどこにもうたってないですし。世間が勝手に解釈して騒いでるだけで」

「それは、勿論《もちろん》そうですが……」

「いいんですよ！　これこそ今の売り方っていうか。今は作家先生だって生き残るためには何でもやって頂かないと」

相変わらず歯切れのいい話しっぷりだった。自分が段々と彼のペースに乗せられていくのを感じる。

確かに、山田さんの言うことにも一理あるとは思う。私がこの先もストイックに正攻法で挑み続けて、作家として生き残れる保証はない。崖っぷちの状況で、図らずも巡ってきたチャンスを、みすみす手放すのは惜しい気もしてくる。

「もー利用できるもんは利用して、どんどん書いちゃってください！」

最後はとびきり爽やかな笑顔で送り出され、私は編集部を後にした。

帰宅すると、冷蔵庫はすっからかんだった。夕飯の買い出しに行かねばならないが、顔バレしている状況で近所を出歩くのは気が引けた。世の中にはとんでもない執着心を持った人がいるらしく、ネットでは早々に私のマンションの場所まで特定されているのだ。後ろ指を指されたり、道で捕まえられて難癖を付けられるかもしれない。

仕方なく、目深に被った帽子、サングラス、ストールというお忍び芸能人のような過剰変装で、駅前のスーパーへと向かった。

行く道すがら、ずっと考えていた。今後もこうした状況では生活に支障が出る。娘もまだ幼いのだし、何かと物騒な世の中だ。もしも何かあってからでは遅い。やはり、連載は考え直した方がいいのではないか。もう一度引っ越すことも検討した方がいいかもしれない。心にブレーキがかかり始める。

しかし、スーパーの鮮魚コーナーで鯖《さば》の切り身パックを品定めしていた時だった。

「あの、水沢玲先生ですよね？」

と、見知らぬ若い女子二人組に突然呼び止められた。

「え……あ、はい」

戸惑いながら答えると、女子たちはキャー、やばい、とはしゃぎ出した。

「ミセス・ノイズィ、凄く面白いです！　大ファンです」

「え、ほんと？　ありがとう」

「あの、サイン貰えませんか!?」

ペンとノートを差し出され、ああこういうの何年ぶりだろう、としみじみ思う。

サインを書いて渡すと、

「あたし、一緒に写真撮って欲しいです！」

とあれよあれよと勝手に両脇に並び、スマートフォンで自撮り体勢を取っている。

その強引さに圧倒されつつ、私は帽子とサングラスを外し、画面に向かってにっこりと微笑んでしまった。キャー！　ありがとうございました！　と嵐のように去っていく彼女たちに、こちらこそありがとうー、と笑顔で手を振り、我ながら単純だなと思った。

すると今度は、携帯の着信音が鳴り響いた。画面には、昔少し付き合いのあった出版社の名前が表示されている。

「もしもし、水沢です」

「ご無沙汰しておりますー。三鳥社《さんちょうしゃ》の朝倉《あさくら》です」

「ああ、ご無沙汰しております」

聞き覚えのある、あの当時の熱を思い起こさせる声だった。

「水沢先生、東玄社《とうげんしゃ》さんの連載、読ませて頂きまして。すーごく面白い視点で描かれてますよねー。さすが、話題になってるのも納得です」

ふいに記憶が蘇る。かつてこうやって頻繁に連絡をくれ、その後音沙汰が無くなった人がどれだけいたことか。

「それでですね。ぜひウチの雑誌の方にも連載頂けないか、という話に部内でなっておりまして、もしよろしければ、詳細だけお話させて頂きたいなと……」

流暢《りゅうちょう》な説明に耳を傾けつつ、私はいよいよ腹を括った。

世の中は動き出している。もうやるしかない。これも何かの巡り合わせだ。きっと災い転じて福と為《な》すというやつだ。山田さんを信じて、勝負に出てみよう。

一度決心すると、どんどん気持ちも前を向いてきた。

ネットで捜し集めた連載の感想は、ほとんどが好意的な印象だった。内容も、動画との関連を面白がっているというより、小説自体を評価しているものが多かった。なーんだ心配は杞憂《きゆう》に過ぎなかったのかとホッとした。

動画の方も、改めて客観的になって眺めてみれば、喧嘩を売っているのも異様な言動をとっているのも明らかに隣人の方だった。私は被害者なのだから、堂々としていればいいのだと思った。

展開のアイディアはどんどん湧いてきて、筆はスムーズに進んでいく。

連載の評判を受け、別の出版社からも立て続けに二件ほど執筆の依頼がきた。久々のエッセイの連載と長編小説だった。かつてのようなビックウェーブではないが、じわじわと波が来ている。今度こそ上手く乗りこなせるような気がしていた。

18

急に色々忙しくなってきた。それで先週バイトをやめた。

こんなに上手くいくなんて、まあ想定外だった。どっかのインフルエンサーが拡散してくれたのがきっかけで、あの動画はバズりまくって、もう既に百万回近く再生されてる。この間なんか、真紀ちゃんの連載の雑誌の発売日、「ミセス・

ノイズィ」がSNSでトレンドワードに入ってたし。

だいぶ前にメルカリに三千円で出したサイン入りの『種と果実』は、全く売れないから放置してそのまま忘れてたけど、最近いきなり売れて、週末慌てて発送した。これはもしやと思って、まだ九冊も在庫あるから四千円で出してみたら、即売れてびびった。

世の中ってほんと単純。これでそこそこ食い繋げそうだし、あと二十冊くらい書いてもらおうって思った。ネットでまとめ買いして、届いた次の日にスケボーで真紀ちゃん家に行った。


俺が到着すると、ちょうど隣のおばさんが布団叩きながら歌ってる声が響いてた。

まー確かにうるさいな。我慢できないほどじゃないけど。うるさいっていうか、何かそわそわする感じ。これが毎日続いたら、ストレスで病む気もする。真紀ちゃんはもうかなりイライラしてる。ていうかおばさんの方も、敢えてこっちに聞かせるためにやってんじゃないのって雰囲気あって、お互いいがみあってんなーって思う。だから余計に鬱陶しく聞こえるんだろうな。騒音って音の大きさの問題じゃなくて、聞いた人がどう感じるかってことかもしれない。

真紀ちゃんにサイン頼んだら「やだよ」って普通に断られた。だからとりあえず「そもそもこのフィーバーは誰のおかげ？　俺のアドバイスがあってこそでしょ？」って念押ししてやった。その点はハッキリさせとかないと。でないとこの先、俺の功績が無視されかねない。

真紀ちゃんは「あんたのせいで大恥かいた」ってゴチャゴチャ言ってたけど、あれは絶対心の中では俺に感謝してる。プライドが邪魔して素直になれないんだろうね。まあ、気持ちは分かる。プロデュースする立場としては、その辺も含めて上手くコントロールしてあげることが大事だから、細かいことは言わない。

「そろそろ次の一手を仕掛けた方がいいよ。話題になってナンボなんだから」って教えてあげたら、「……次の一手？」って聞いてきた。やっぱり、何だかんだ言って俺を頼りにしてる感じ。

俺が思うに、とにかく早めに次の動画をバズらせるべき。まあベタだけど、べランダバトル第二弾とか。小説ではおばさんが主人公の娘を狙ってる設定だから、次は菜子とかを巻き込むのもアリかもしれない。

リビングにハンディカメラが置いてあった。「何撮るの?」って聞いたら、「騒音とか暴言の被害の証拠を撮りためてる」って言ってた。

「それ、ネットにあげんの?」

「そんなわけないでしょ。弁護士に見せるの」

「裁判するってこと?」

「や、そこまではまだ。まずは大家さんとか警察に相談するのがいいって弁護士とか警察とか、何か面白い感じになってきてる。

「じゃ、今撮ってくれば」

「やだよ。喧嘩したくないもん。こっそりやってんの」

そんならベランダにカメラを固定してずっと回しとけばいいじゃん、って提案したら、真紀ちゃんしばらく渋ってたけど、俺がケツ叩いて、結局設置しに出ていった。

それからちょっとして、やっぱり喧嘩が始まった。やばいやばい、速攻タブレットのカメラを起動してベランダへ向かう。

おばさん、予想通りカメラにブチ切れてた。

「何よ、これ？」

「気にしないでください。訴訟のためにちょっと必要で」

「はあ？　訴訟って何よ？」

「賠償金、覚悟してくださいね」

「なに言ってんの！　賠償金払うのはそっちでしょ！」

つか、真紀ちゃんアホだなーって思ったのは、カメラをおばさんから丸見えの位置に固定してる。ぜんぜんこっそりやってない。

「勝手に人のこと撮って！　これ権利の侵害でしょ！」

おばさん、布団叩きの棒でカメラを叩き落とそうと、一生懸命ぴょんぴょん飛んでる。けど、仕切りの隙間の高い位置にあるから絶妙に届かない。おばさん悔しがって仕切りをバンバン叩く。真紀ちゃん、ふふん、て感じで脚立を片付けちゃって、もう相手を怒らせるためにやってるとしか思えない。

で、そこから先がすごかった。まじで意味分かんない展開になった。

おばさんどんな反撃するんだろって眺めてたら、いきなり向こうからシャッッ！　って何かが降ってきた。

「キャッ……！　なに、何これ⁉」

「塩よ！　塩！　厄払い！」

「やめて！　やめてよ！　痛っ……」

真紀ちゃん目に入ったらしく、めっちゃ痛そう。

おばさん、ひたすら塩攻撃。すげえ。なんか神懸かってる。

こうなったら、真紀ちゃんにも何か反撃する武器を、と思って、急いで家ん中に探しに戻った。

で、キッチンでサバ味噌《みそ》が煮込まれてるのを発見。

「これ使う？」

とりあえず、サバの鍋を持ってって渡してあげた。あれ投げたら相当やばいなーと思って見てたら、真紀ちゃん、本当に投げました。

サバがぴょーんて空を舞って、おばさんの布団の上にペチャっと着地した。

あははは。やばい。あれはやばい。

おばさん、クンクンって匂い嗅いで、「何これ？　やだ、サバ味噌……？」だって。真紀ちゃん、今さらどうしよう……って戸惑ってるけど、もう遅いよ。

「失礼しまーす」って逃げてきちゃったけど。あっちは怒り狂ってる。

おばさん、仕切り板をドン！　ドン！　ドン！　って蹴りまくってる。板、めっちゃ揺れてる。すごいパワー。これは破られるのも時間の問題か……と思ったその時。

ドッカーーーン‼　って板がぶっ飛んできた！　あっぶな！　やっばい。いますっごい瞬間撮れた。で、うわーおばさん入ってくるわ。真紀ちゃん後退《あとずさ》りしてる。おばさん近づいてきた。うわうわうわ、これはすごい迫力。

「待てコラーーー！」

「……ぎゃあーーー！」

真紀ちゃん叫びながら家ん中に逃げ込んで、おばさんが追いかけてく。俺もその後をカメラで追いかけてく。

リビングを抜けて、ダイニングを抜けて、バーン！　て玄関開けて、そのまま裸足で外へ出て行った。俺も後を追ってるけど、あの二人めっちゃ速い。廊下の向こう側に一瞬で消えてった。

下のフロアの廊下もダッシュで走り抜けて、螺旋《らせん》階段をくるくる回って降りてく。俺はもうギブアップして遠巻きにして撮影してる。ていうかおばさん、まだ塩撒いてるけど。ほんと神懸かってる。

こんなミラクルなかなか起こらない。あーー久々にガチでびびった。

帰ったらさっそく編集しよ。小説の展開にもよるけど、これはなるべく早めにアップしたい。

真紀ちゃんが戻ってくる前に、ハンディカメラで撮ってた映像もこっそり俺のタブレットに送信しておいた。

19

最近自分がよく分からない。本来の私は、こんなに感情に走るタイプではなかった筈だ。まさかこの歳《とし》になって、あれほど莫迦げた鬼ごっこをすることがあるだろうか……あの人と出会ってから人生の軌道が確実にズレてきている。けれど一方で、それが今、恐らく私のキャリアを切り開いているのだ。

何か巨大な力に導かれているような、それを別の自分が高くから見ているような、不思議な感覚だった。このまま身を任せて平気なのかと心配になるその反面、どこか遥か遠くに飛んでいけるような万能感もあり、結局、その心地よさにもう少し浸っていたい気持ちが上回った。大丈夫、成るように成ると、もう一人の自分に背中を押されるように、私は書き続けた。

実際、この間の一件のおかげで小説の新たな展開を思いついた。隣人が主人公の娘を狙って自宅に侵入してくるというアイディア。スリルあるシーンが書けそうだと思った。山田さんに話すと、「それめっちゃ良いじゃないすか」と大笑いしていた。怪我の功名だった。

連載は第三回まで発表され、かなり好評が続いている。数年ぶりに再開したブログにも「笑いました！」「次が楽しみ！」などといったコメントが沢山届いて、自信を与えてくれる。一方で「これって実話ですか？」「あんな人がお隣なんて……」といった書き込みも少しずつ増えてきて、やはり用心しなくてはと感じる。

「小説が実話であるという噂《うわさ》はデマです。実在の人物や動画とは一切無関係です」と、改めて投稿した。

壊れてしまったベランダの仕切り板は、今朝、ロープとガムテープで仮止めした。修理業者が入るまでもう数日間かかるらしく、放っておくのも嫌だった。その後、設置したハンディカメラを外し、確認してみて、ちょっと笑ってしまった。これは想像以上の撮れ高、と言うのは変だけれど、被害の証拠としてはばっちりだった。カメラに向かって罵声を浴びせる女、塩を撒き散らす女、狂ったように仕切り板を蹴っ飛ばす女……。こんな人の隣で普通に暮らしているなんて、数ヶ月前の自分が聞いたら嘘だと笑うだろう。人間は慣れる動物だとつくづく感じる。来週、遠山先生にこれを見せるのが楽しみだ。

執筆にかかろうとすると、また直哉から電話があった。あいつ、この頃本当に鬱陶しい。やたらに連絡してきては、炎上マーケティングがどうの、次の展開がどうのと分かったような口をきいてくる。本人は認めようとしないが、最初にベランダの喧嘩の動画をアップしたのも絶対にあいつだ。こないだの一件も面白がって撮影していた気がする。あんなもの絶対に拡散されるわけにはいかないし、これ以上調子に乗られると困るので、強めに釘を刺しておいた。

その後、午後はずっと時間を忘れて書き続けた。

取り憑かれているように、というのはまさにこれだろう。以前なら、書く時はまず頭の中で言葉をあれこれと捏《こ》ねくり回し、紡いだ文章をようやく打ち込んでいく、という流れだった。だけど最近はもう、あとからあとから頭に湧いてくるアイディアを忘れぬうちに急いで書き留めているような状態で、キーボードを打ち込む手の鈍さにやきもきするほどだった。

「ねえ」

突然、低い声が聞こえた。

我に返って振り向くと、薄暗い光の中で裕一が立っていた。

いつの間に帰宅したのだろう、背後からじっと私を見据えていた。

「……びっくりした。帰ってたの？」

彼の顔に落ちた闇で、日が暮れていたことにようやく気が付く。

「もうやめたら、その小説」

「え?」

「そんな形で人をネタにするの、良くないよ」

夫の佇まいは、まるで巨神兵のようだった。一歩、もう一歩とこっちに迫ってくると、背筋がじわじわ冷たくなっていく。

「でも……、私はあの人がモデルだとは一言も言ってないよ。作家が身の上の出来事から着想を得るなんて、ごくフツーのことだしさ」

「だけど、実際ここまで騒がれちゃってんだから。若田さんの気持ち考えてみろよ」

この人と十年以上は一緒にいるが、近寄られることに恐ろしさを感じるのは初めてだった。

「……だからあ、あの人を書いてるわけじゃないんだよ。これは完全なフィクション。フィクションをどう描こうと自由でしょ」

「真紀はそのつもりかもしれないけど、実際に、いま世間の人が…」

「もー、大丈夫だって!」

異様に大きな声で彼の言葉を遮ってしまった。

誤魔化そうと、すぐにパソコンを閉じて立ち上がり、言葉を続けた。

「なっちゃんまだお母さんとこなんだけど……あ、裕ちゃんもご飯まだよね？　菜子迎えに行って、そのまま外食しない？　久々に」

裕一は、黙ったままずっと私を見ていた。

その視線から一秒でも早く逃れたくて、私はそそくさと軽い足取りを装って部屋を出た。

20

まもなくして、本当に色んなことが狂い始めた。

あれは月曜の朝、私がパートに出かける時だった。駐輪場から自転車押して出てきたら、大学生くらいかしら、見たことない男女がマンションの裏でたむろしてた。やたらとこっち見てくるし、何だろうと思ってよく見たら、何だか携帯で私のこと撮影してるじゃないの。「あの人だよね？」「本当にいたー」とか何とか言いながら。勝手によ？　動物園の動物かなんかでも撮ってるような感じで。

それで怒ってやろうと思って近づいたら「やべぇ」「逃げろ」とかキャアキャア騒ぎながら逃げてっちゃって。訳を聞こうと思ったのに聞けなかった。その人たち、何でか私のことを知ってるような雰囲気だったから、どういうことだろうって。何か気味悪いじゃない、いい気はしなかった。

で、その後で勘付いたのよね。もしかして私の写真かビデオか何かが、インターネットに載ってるんじゃないかしらって。

だってその日のお茶休憩の時、丹羽くんと王《ワン》くんが携帯見ながら大笑いしてて、楽しそうだったから「何見てんのー？」って近づいてったら、あの子たち、いやに驚いちゃって。「何でもないっす！」とかって慌てて携帯隠して、あっという間にどっか行っちゃったの。あれきっと、私の動画かなんかだったのよ。

それで、朝のことも合点がいった。つまり理由は分からないけど、若い子たちの間で私が晒し者になってるってこと。多分、あの女とのことじゃないかと思う。こないだ、あの家にいた金髪の子がビデオを撮ってたような気がするから。

私はパソコンやインターネットは明るくないし、気にしないで済んでいくならそれでいいんだけど。とにかく、私たちの生活を乱すようなことだけはやめて欲しい。この先また、今朝みたいに知らない人が寄って来るようなことがあると、茂夫さんの病気に悪い影響が出るかもしれない。それは本当に勘弁。

でも、そんな心配が現実になってきたのは木曜だった。

パートから自転車で戻ってきたら、茂夫さんがベランダに一人で立ってるのが遠くから見えた。あらま、良かったたって、初めは喜んだの。あの人が自分からベランダに出るなんて今までなかったから。でも、どこか様子がおかしいって言うか、やけにキョロキョロと周りを見回してる感じで、大丈夫かしらって心配になって、急いで近付いてった。やっぱり様子が変。

茂夫さんは隣のベランダとの境に立ってた。隣は窓が少し開いてて、一瞬、なっちゃんの影が見えた気がした。だからもしかして、茂夫さんはなっちゃんに話しかけてたのかもって思った。けど、それにしてはあの人、ベランダの外の方をキョロキョロ見てて。何か恐ろしい化け物でも探してるみたいに。

その時だった。向かいのマンションの駐車場の方で、ピカッとカメラのフラッシュが光ったのが見えた。茂夫さんが写されたんだ。間違いない。

私、もう急いで走っていって、撮った奴をとっ捕まえてやろうとした。だけど、駐車場にはもう誰も居なくて。しばらく辺りを探し回ったけど、見つからなかった。

一体どうして？　誰が何のために私たちを世間に晒すのよ？　全く分からない。

茂夫さん、その日は部屋に籠って出てこなかった。夕飯に呼んでも出てこない。部屋の電気も点けずに、ずっとパソコンを見てるみたいだった。「何見てるの？」って聞こうか迷ったけど、どうにも怖い気がしてしまって、聞けなかった。

だって私がしていることが、つまりあの女と対立してることが、何か悪い事態を引き起こしてるんじゃないかしらって、そんな気がしてしまって、怖くなった。私は、自分は間違ったことはしていない、正しく生きてると思う。でも、世の中の方がおかしければそんなことも通用しない。

あの女はとことん自分勝手な人間だけど、悪巧みとか、人を貶《おとし》めるとか、そういう類のことをする人じゃない気がしてた。でも分からない。茂夫さんは何か知ってるのかもしれない。

やっぱり明日にでも、ちゃんと話した方がいいかしら。

21

南部さんから、久々に電話があった。

キッチンで料理をしていた私は、当然いい連絡だと思い込み、上機嫌で通話ボタンを押した。だが彼の最初の声のトーンで、それが良くない話であることは察せられた。耳にピリッと緊張が走った。

「ですから、山田はあんな風に言ってますけど、僕としては連載はもうやめるべきだと思ってる、ということです」

柔らかく落ち着いた声の奥に、刺すような鋭さがあった。

「え、それは……どうしてでしょうか？」

「長い目で見ると、水沢さんのキャリアにマイナスとしか思えない。こういう熱は、どうせ一時的なものですから」

頭がじわりと締め付けられていく気がする。この人は昔から変わらない、物事を冷静に捉えていて、それは大抵の場合正しいのだ。

「使い捨てられて、作家としての品格を下げて終わり。なんて結果になりかねない。会社は利益を求めますから別の意見でしょうが。これは、ずっと水沢さんと一緒にやってきた僕個人の意見です」

「……でも、山田さんが、来週までに次の二回分を送ってくださいと」

「それを受ける、断るは、水沢さんのご判断です」

そんな突き放すような言い方をどうかしないで欲しい、と思う。あなたがいま優しく手を差し伸べて、私を正解まで導いてくれたらどんなにいいだろうか。

「それにやっぱり、今回の作品にしても、前に僕が話した問題点は全くクリアされてないと思いますよ」

「え………」

「出来事やキャラクターの表面ばかり追ってても意味がない。立体的に捉えることが大事なんです」

電話を切ると、独りぼっちで暗がりに取り残されたような気持ちになった。自分の力で正しい道を選んでいける自信など全くない。

フライパンの上で焦げ付いた鱈《たら》が、異様なほどもくもくと煙を上げていた。私は火を止めて、長い間、その黒さをただじっと見ていた。

22

今日は夕方から徹さんの店で飲んでた。この後は久々にNew Romanceに行く予定。最近はずっと忙しくて行けてなかった。真紀ちゃんの連載がバズってからは初めて。俺があれをプロデュースしてるってこと、ユナにどう言おうかなって、朝からずっと考えてた。

とりあえず丹羽さんと徹さんに話してみたら、「それすげーな！」って食い付いてた。二人とも連載が話題になってることはやっぱり知ってた。かなり世の中に浸透してんだなーって実感した。てかめっちゃ偶然なんだけど、あの布団おばさん、丹羽さんのバイト先にいる人なんだって。あんなやばい人雇ってもらえんの？　って思ったけど、働いてる時はそこまで変じゃないらしい。お節介でやや天然なおばちゃんだって。そうなんだ。そんなら俺も今度一回話しかけてみよっかな。


ユナも連載のことは知ってるとは思うけど、念のため雑誌を持って入店した。指名するとすぐユナが出てきた。今日は髪をアップにしてる。これもいい感じ。もったいぶってもしょうがないし、すぐに雑誌の連載ページを開いて見せる。

「ねーこれ、読んでる?」

「ん?　なあに?」

「水沢玲の連載。今すげー話題になってる」

「ああー、読んだよ」

やっぱり読んでたか。期待通りでテンションが上がる。

「内緒なんだけど、実はこれさ、俺が……」

「あたし、それ、全然ダメ」

「……え?」

なにそれ。思わずユナの顔を見た。

「そもそも全然面白くないし、隣の人を一方的に悪者に仕立て上げてる感じじゃない？　読んでてすっごいムカついてきて、途中でやめちゃった」

「……へー」

「あー思い出してもムカついてきた。てか、そーいうのもてはやしてる人たちってほんとクソだよね。レベル低すぎ。生理的に無理だなー」

……えええ、そこまでなの？　そんなに嫌なの？

「なんかさー、久しぶりに水沢玲読んだけど、ほんと才能無くなっちゃったんだなーって。藁《わら》にもすがってる感じが痛々しくて」

この言われよう、尋常じゃない。もうどうしていいか分かんない。何も言えない。とりあえず最後まで言わなくて良かったー、あっぶねーと胸を撫で下ろす。

ずっと黙り込んでる俺を見て、「あ、何かごめんね……」って謝られたけど。

もうとにかく俺は、雑誌をそーっとさり気なく隠すことで精一杯だった。

23

朝、茂夫さんのすごい悲鳴で目が覚めた。かつてないほど大きな声で、怯えるように何度も叫んでた。

慌てて部屋に駆けつけたら、あの人、殺虫スプレーを狂ったように布団に撒き散らしている。肩で息をしながら。抱きしめて落ち着かせようとしても、しばらくはどうにもダメだった。そんな様子を見てるともう、辛くて辛くて胸が痛い。この人を苦しめているものを全部消し去ってしまいたい、解放してあげたい、本当にそう思った。

それで布団を持ってベランダに出たら、まだ六時頃だというのに、今日もまた駐車場に数人が集まってる。近頃は毎日のように人が来て、私にカメラを向けてくる。だから、ベランダに出ること自体を控えるようにしてるけど、これって間違いなく権利の侵害。近々警察に相談しようと思う。

大きめのカメラを持ってる人もいた。だけど、今日ばかりは虫を払い落とさなくちゃと思って。誰に何を思われようと、私は私のすべきことをするだけだって。気持ちを強く持って、気にせず叩き始めた。

こちらを見て笑ってる声が聞こえてくる。囃し立てるような、人を見世物にして莫迦にしてるような声。だんだん腹が立ってきて「見るな！」って叫んだら、余計に騒ぎ出して虚《むな》しくなる。

その時だった。突然、茂夫さんが出てきて背後から私にしがみ付いた。「やめよう……もうやめよう……！」って言って。

だけどやめたら、私たちの方が負けみたいで嫌だ。私はどうしていいか分からなくなった。それでも容赦なく私たちに向けてフラッシュが光ったから、「撮るなー！」って大声で叫んでしまった。おおー、って歓声が上がった。

本当に狂ってる。

悪いことばかりが続いた。農園では、中野の奥さんと大喧嘩した。

私が規格外のキュウリを持ち込んだ幾つかの店から中野農園にクレームが入ったんだって。善意でやってたことが、こんな淋しい結果になるとは思わなかった。

一方的に怒られてムカムカしちゃって、ちょっと言い返したら、「あなた、これ以上文句を言うなら解雇よ」と言われて驚いた。まるで私が悪者だって頭ごなしに決めつけてるような態度。信じられなかった。そんならもう、こっちから願い下げって思って、そのまま黙って帰ってきた。

帰り道、次は谷本さんと出くわした。あの人、一日に何回も犬の散歩してるけど、どうやらそうやってご近所の様子を窺《うかが》って回ってるみたい。

私が「こんにちは」って挨拶したら、彼女、急に顔をしかめて近づいてきて「若田さん、騒音のことで苦情言ってる方が何人もいますので」って言われた。そんなの、ここ数ヶ月ずっとやってきてたけど、隣の女以外からは一度だって言われたこと無かったのに。どうして急に？

谷本さん、「地域の印象が悪くなったってすごく怒ってる方もいて」とか、「このままだと警察呼ぶ事態になってしまうので」とか、脅すような言い方してきて。すごく嫌な感じだった。

どうしてだろう。近頃、みんなが一斉に私を悪者のように決めつけてくるのは。

人間ってこんなに単純で無分別だったかしら。誰かが私に赤いラベルを貼り付けたら、全員がそれを赤だと信じて疑わないような。キュウリだってそう。数センチ曲がってるだけで、全部一緒くたにゴミとして捨てるような。

そんな薄っぺらい、無味乾燥な世の中に、だんだんと変わってきてしまったんじゃないかしら。そんな気がしてならない。違う、気のせいなんかじゃない。確実に狂ってきてる。これはすごく恐ろしいこと。

暗い気持ちでマンションに帰ると、駐車場のところに人だかりができていた。またうちをカメラで狙ってるんだ。もう嫌だ。これ以上私たちを苦しめないで、と、ベランダを見上げた。

息が止まった。

嘘でしょう……待って。茂夫さん、待って。

片足を手すりの上にかけたまま、ぼーっと遠くを見つめている。

どうしよう、止めないと、早く。今すぐ体にしがみ付いて、引き止めないと。

でも遠すぎる。四階までの距離があまりに遠すぎて、届かない。これでは間に合わない。どうしよう。お願いやめて。戻って。

お願いだからどうか。

いけない。登らないで、どうして登るの。やめて、お願いだから。……嘘よね。待って、茂夫さん待って！　お願い！　お願い……！

24

こんなに沢山の動画がネットに出回っていたことを、今日初めて知った。

この間の走り回った喧嘩の動画も、ハンディカメラで撮った動画までも。検索してみると、何種類にも加工されて拡散され、多いものでは三百万回以上も再生されている。隣の女を奇人扱いするような莫迦げたテロップが付いていたり、酷い顔のアップが静止画で強調されていたり。見るに堪えないものばかりだった。

何より悪いことに、小説のストーリーに沿うように内容を編集して上げられている動画も幾つもあった。

すーっと血の気が引いていく。これは流石《さすが》にまずい。

これでは誰がどう見ても、私が実体験をそのまま小説にした上で、動画についても全部仕組んでいて、隣人を悪人に仕立て上げてるとしか思えない。執筆に集中するあまり、ネットのチェックを疎《おろそ》かにしていたこの数日間を今更ながら悔いた。

すぐに直哉に電話をかけて問いただした。

「あんたこの間の動画、何でアップしてんの？　あれだけするなって言ったのに！」

「ん、ああ……」

「今すぐ消して！」

「や、俺もうとっくに消してんだけど。ダメなんだわ」

「ダメって？　何が？」

「もういっぱい拡散されちゃってて、俺の力ではどうにも」

こいつ他人事だと思って。蹴っ飛ばしてやりたい。

「そんなの死ぬ気でどうにかして！　今すぐ！」

そんなやりとりをしている時だった。

「あれ……、えっ……!?」

直哉が突然、息を呑むような声を出し、そのまま黙り込んだ。

「何？」

「……やばい、やばいわ」

「だから何が？」

「いま隣のベランダ、どうなってる？」

そう言われて、掃き出し窓の方に目をやる。カーテンを締め切っていて外の様子は分からないが、もうすっかり日は落ちているようだ。

「隣？　別に何も……」

私は恐る恐る窓に近寄り、カーテンを開けた。

その瞬間、緊急車両の赤い光が目に突き刺さった。

「……飛び降りたって、隣の旦那さん」

頭が空白になった。

眼下で騒然と繰り広げられている出来事は、あたかもテレビ中継を眺めているようでリアリティがなかった。とても悪いことが起きたことは理解したが、それが今後自分に何をもたらすのか、私は全く想像できていなかった。

しばらくして、ネットでニュースを見たのか、裕一が顔面蒼白で帰ってきた。彼の表情が、ドクンと私の心臓を衝《つ》いた。私はそこで初めて、隣の事件が自分の書いた小説とリンクして捉えられているのだ、という現実にぼんやりと気が付いた。

それでもなお、実感は持てなかった。

何故なら私は、隣の男性を小説のモデルにしたつもりが全然なかった。私が彼に会ったのはただの一度きりで、キャラクター作りに活かすほど人物像を知らなかった。また物語を運ぶ上ではオリジナルで創作した方が都合がよく、完全にフィクションとして作り上げた登場人物だった。

だが裕一に言われてネットの掲示板を見て、ようやく実態の深刻さを思い知った。そこには隣の男性の顔写真が何枚も、下劣な書き込みと共に並んでいた。そのほとんどが、彼を小児性愛者と見做《みな》して軽蔑する内容だった。

いつの間に撮られたのか、彼がベランダで仕切りを挟んで菜子に呼びかけている写真もある。恐らく彼は、ベランダで菜子が遊んでいる声が聞こえて、何気なく話しかけたのだろう。だが「ロリコン」というワードと共に眺めると、少女の気を惹《ひ》こうと企《たくら》んでいる薄気味悪い男のように見えてしまう。

私は、心の奥底で曖昧にしてきた部分を、自分に問いかけざるを得なくなる。

たしかに私は、小説に登場する隣人の男を「主人公の娘を狙う危険人物」という設定にし、不気味なキャラクターとして描いた。それは単に、ストーリーを盛り上げるための設定に過ぎなかった。けれど、そこに彼のイメージが全く反映されていないかと問われれば怪しい。もしかすると、一度だけ対面したあの時に、彼から受け取った印象や面影を無意識のうちに描写に取り入れていた気もする。

そして実際、私が意図していたかどうかは関係なく、現実はそうなってしまっている。小説が彼を変質者に仕立てあげ、世間に晒して同調させた。彼はそれを苦悩し、死を選んでしまった。そういう経緯が出来上がっている。

ネットを眺めれば眺めるほど、弁解の余地はないように思われた。そんなつもりは無かったのだと主張して、一体誰がどう信じてくれるというのか。

全身が痺《しび》れるように感覚を失い、意識がぼんやりと遠のいているようだった。時間が過ぎているのかいないのかさえ、よく分からなかった。

いつの間にか深夜だった。唐突に電話が鳴り響いた。出てみると、警察に出向いていた大家さんからだった。

「手術が終わって、何とか一命は取り留めたって」

聞いた事実だけをそのまま夫に伝えた。

私は体を締めつけていた鎖がほんの僅かに緩む気がしたが、テーブルの向かいで銅像のように座る夫の前で、そんな気持ちを表に出すことはできなかった。

裕一は何も言わず、見開いた目を私に向けた。

その鉄仮面のような恐ろしさに、私は体の動かし方が分からなくなった。震える足を引きずるようにして、どうにか椅子に腰をおろし、体を小さく固めた。

夫が動かない以上、私が動くことは一ミリも赦《ゆる》されないように思える。ただただ動かずにいることだけが、今の私にできる全てだった。そうすることで、もし何か事態が変えられるなら、どれだけでも耐えていたいと思った。


永遠のような、一瞬のような、夜が明けた。

予想していた悪夢が現実となって襲ってきた。

マンション前は早朝から記者たちやテレビクルーが押し寄せ、騒然となった。中には玄関まで押しかけてくる人もいて、時折チャイムが鳴り、ドアがドンドンとノックされる。「一言お聞かせください」と名前を呼ばれるたび、糾弾されているような恐怖で心臓が固まりそうだ。ドアを二重ロックしてカーテンを閉めきり、ひたすら耐えた。菜子も異様な空気を感じ取っているようで、私にぴったりとくっついて離れようとしなかった。

そんな中、山田さんから連載の中止が決まったという旨の電話がきた。編集部にも問い合わせや抗議の声が殺到し、対応に追われているようだった。

「それで、もしこれ以上マスコミが増えるようなら、謝罪会見もやむを得ないだろうと話してます」

山田さんの声に、いつもの快活さは全く無い。

「謝罪会見……って、あの、何への謝罪ですか？」

「ですから、自殺騒動を招いてしまったことへの謝罪です」

「待ってください。それはちょっと違いませんか？」

気持ちが焦り、反論が口を衝いて出た。

「だって別に、小説のせいで自殺したってわけでは」

「ですが、マスコミや世間はそうは思ってくれませんから」

深刻さに輪をかけるような言い様に、胸中がざわつく。

「ですから、むしろそのマスコミの論調を正していくべきじゃないでしょうか」

「まあ、今は何を言っても言い訳って言われちゃいます」

そういって、慌ただしく電話を切られた。

もちろん私だって、身から出た錆《さび》だと重々分かっている。隣人をモデルに小説を書いたのは私で、世間の反応に気付きながら書くのをやめなかったのも私だ。

けれども、出来事がまるでバタフライエフェクトのようで、自分の筆が隣人を自殺に追いやったと言われると、どうしても理解ができない。

暗い部屋で、ただただ一日が終わるのを待った。

テレビを点けてみれば、見慣れた自分の顔や自宅マンションの映像ばかりが映り、胸がえぐられた。どのチャンネルも『作家が起こしたご近所トラブル！　悲劇の結末』だの、『ペンという武器で一市民を自殺未遂へ』だの、『隣人を小説の悪役に……問われる倫理観』だの、とにかく私を吊《つ》るし上げる論調の一辺倒だった。

ネットはさらに酷かった。これでもかというほどの罵詈雑言《ばりぞうごん》が並び、少し見ただけでもう気が滅入った。正体さえ分からない沢山の人々が、私をこき下ろし、人殺しだと断罪し、小説をカスと呼び、自業自得だと嘲笑《あざわら》い、被害者に対して勝手に哀れみをかけている。

どこまで真実かは不明だが、隣の夫婦はむかし子供を事故で亡くしていて、ご主人はそれが原因で心の病を患っているとの情報も出回っていた。あれだけ夫婦を莫迦にして笑っていた声は、掌《てのひら》を返したように同情の一色に変わり、共感を寄せたり応援するコメントが急増していた。

驚いたことには、いつの間にやらあの喧嘩の動画も全く別のテイストで編集し直されていた。あの騒音は全て、私という悪の手から家族を守るための必死の抵抗だったとされ、『布団おばさんの悲痛な戦い』『騒音の裏に……家族を守る健気な母』などのタイトルと共に投稿されていた。

スクロールする毎《ごと》に、自分の価値が暴落していった。ここに書かれている言葉の通り、私は欺瞞《ぎまん》に満ちた無能作家で、人を死に追いやった殺人鬼で、生きる価値のないゴミ以下の人間で、世間にとって不愉快極まりない存在で、呼吸していることと自体が罪で、もはや死んだ方が良くないかと思えてくる。

もう見るのをよせばいいのに、どうしても目を離すことができない。やがて息が苦しくなってきて、激しい頭痛に襲われた。そうしてようやく立ち上がり、パソコンもスマートフォンも全てシャットダウンした。

そのうち、だんだんと疑問が湧いてきた。

動画がバズってると知ってどんどん書き進めろと煽《あお》った人もいる。フィクションだと言ってるにもかかわらず実在の人物と決めつけて騒いだ人たちもいる。動画を面白がって残酷に編集して拡散した悪い人も沢山いる。

無数の人々の悪意が積み重なって、この事態は引き起こされた筈だ。それなのに私一人が罪を被って血祭りに上げられるのか。何の言い訳もできず、口を閉ざされたまま、社会から追放されるのか。あまりに酷ではないか。そんなの嫌だ。怖い。怖くて堪らない。それなのに逃げ場がない。一体私はいつの時点で間違えたのか。こうなる前に時を戻せたらどんなに良いだろうか。

そもそも、私は被害者だった。

隣人の嫌がらせに苦しめられ、追い詰められ、潰れそうになる直前、最後の手段として筆を取ったのだ。書かずにはいられなかった。あの人を傷つけるためじゃなく、自分を守るためだった。大げさかもしれないけど、自分の人生と生活を懸けて、死に物狂いで書いたんだ。

これが間違っていたのなら、私はどうすれば良かったんだろうか。

世界中が敵で、自分すらもほとんど私の敵になっていて、これ以上何も考えられない。

ただ一つだけ、菜子の柔らかく小さな掌が、ずっと私の掌を握ってくれていることだけが、すんでのところで私を支えていた。この子がいる限り、私は生きなくてはならないし、生きられる。そう思って涙が出た。

私の頬に小さな指が伸びてきて、涙を拭い取ってくれた。

25

数日後、裕一と共に遠山先生の事務所を訪ねた。

三週間ほど前に相談に行った時の話では、被害の証拠を集めた上で、隣人に騒音行為をやめるよう求める内容証明郵便を、先生から送ってもらう算段となっていた。

だが今回の事態を受け、慌てて裕一が電話でストップをかけ、今後について一度アドバイスを貰うことになった。私としてはそれよりも、いまの針のむしろの状態について何か救いの手を差し伸べてくれることを期待した。

行く道すがら、裕一が、今回の件で彼の仕事にも影響が出てきていることをポロリと漏らした。彼と私が夫婦であることは業界内でも知られており、中には悪い印象を抱いたり、敬遠する人もいるようだった。突っ込んで尋ねてみても、それ以上具体的なことは教えてもらえず、私は黙るしかなかった。

事務所の人たちは全員、事件のことを認識しているらしく、刺すような視線を向けてきた。部屋に通してくれた事務員の女性も妙に素っ気なく、以前のような愛嬌《あいきょう》は無かった。

遠山先生の態度もまた、これまでとは全然違うように感じられた。

彼の助言としては、この状況ではとにかく下手に動いても逆効果になる可能性が高いので、静観した方がいいとのことだった。世間のバッシングについても、そのうち時間が解決してくれるのを待つのが得策だ、マスコミを相手取って名誉毀《き》損《そん》など訴えてもイメージダウンになるだけで良い結果は得られない、と言われた。

その口調の端々に、私を咎めるような、皮肉めいた心の内が垣間見える気がした。私は思わず口を挟んだ。

「……先生、こないだと仰《おっしゃ》ってることが全然違いませんか？」

「それは、あの時とは状況が全く違いますから。ここまでの騒動になると、警察だって裁判官だって人間なので、心証が悪すぎます」

「でも……今回の事件とそもそもの騒音の話は、別じゃありませんか？　元々は私の方が被害者なのに」

先生は眉をひそめるように私を見た。

「まあ結局、人の喧嘩っていうのは、誰がどこから見るかによって違ってくるので。例えばあちらのご婦人から事情を聞けば全く別の話が出てくるでしょうし。双方に自分の論理があって、それがズレてるから衝突するんでしょう」

どうして、全員がこぞって隣人の味方をするようになったのだろう。

ここ数日間溜め込んでいたモヤモヤが、一気に噴き出てきた。

「あの、先生も私の方が悪者だと思われてます？」

「いえ、そういうことではなくて」

「先生、聞いてください！　私、何もしてないんですよ。動画だって先生に送るために撮っただけですし、それに……」

「真紀、もうやめろって」

裕一に肩を取り押さえられ、無意識に立ち上がっていたことに気付く。

「先生、失礼しました。ありがとうございました」

彼が深々と頭を下げると、先生もやれやれと言わんばかりに立ち上がった。

「それよりも、今後相手方が名誉毀損で訴えてくる可能性は考えておいた方がいいと思います。そうなれば、相当厳しい戦いになりますから」

そう告げられて、その場は終わりとなった。


帰り道、裕一は怒ったようにスタスタと先を行ってしまった。不機嫌が全身から滲み出ているようだった。

「……ねえ、裕ちゃん」

私の呼びかけに、全く応じる様子がない。

「裕ちゃん！　言いたいことあるなら言ってよ！」

大声で呼び続けると、彼はようやく跨線橋《こせんきょう》の上で立ち止まり、振り返った。

「言ったら、聞く耳持つの？」

彼の射るような目に、私は戦慄した。

「自分しか見えてないでしょ。ずっと」

怒った時や悲しい時には普段ほとんど表情を変えない夫が、今は大きく顔を歪《ゆが》め、泣きそうに私を睨んでいる。

「俺、もう限界かも」

足元を通過する列車の轟音の中、裕一がそう口にしたのが聞こえた。私はどうしていいのか全く分からず、ただ押し黙った。

突っ立っている私たちの横を、駅に向かう人々が通り抜けていく。下から吹き上げる冷たい風で、夫の見慣れたシャツの裾がはたはたと翻っていた。

列車が何本か通過した後、

「仕事行くわ。二、三日泊まりになるから」

と言い残し、彼は早足で去っていった。

咄嗟に「待って！」と呼びかけたが、もう振り向くことはなかった。

26

昼過ぎ、幼稚園に菜子を迎えに行き、そのまま実家へと向かった。

ここ数日はマスコミを避けて、日中はいつも実家で過ごすようにしている。母は当然、今回の騒動を嘆いて途方に暮れているが、娘と孫娘の切迫した事態を放っておくことはできず、手を貸してくれていた。

だが今日は、門をくぐるとすぐ、玄関先で母を囲む記者やカメラが目に入った。

瞬時に体が強張り、私は静かに足を止めた。

「ですから、娘はこちらにはおりませんので……」

ああ、ついにここまで手が伸びてきてしまった。

母がマイクを向けられ、困惑しているのを見るのは辛かった。

「お母様は、娘さんの小説は読まれたのでしょうか？」

「ええ、はい」

「自殺未遂の一件と合わせて、どのようにお考えですか？」

「ええ……その、大変申し訳なく思っております。ご迷惑おかけした若田さんには何とお詫びしていいか……」

「娘さんからの謝罪のコメントはまだありませんが、その辺りのことはご本人と何か話されていらっしゃいますか？」

母を助けないことは気が咎めるが、いまはとにかく菜子がメディアに晒されることだけは絶対に避けたい。

そんな想いで息を潜めていると、

「ママーどうしたの？　行かないの？」

と娘が無邪気に口を開いた。

記者たちが一斉にこちらに振り向く。

「あ！　水沢先生！」

まずい。私は踵《きびす》を返し、娘の手を引いて慌てて駆け出した。

「水沢さん！　お待ちください」

「今回の件、どのように捉えていらっしゃいますか？」

背後を振り返る余裕はないが、数人が追ってきているようだ。

菜子を引っ張っているので、あっという間に近くに迫られてしまう。

「ママあ！」

泣きそうな娘を抱き上げると、目の前に続く道を脇目もふらず走り続けた。こんな時に、中学で陸上をやってて良かったなどと考えているのが不思議だった。

やがて、追ってくる足音が少しずつ遠のいているのを感じた。息を吸いすぎて肺が悲鳴をあげ、足もそろそろ限界が近い。

私は目に入った脇道の角を曲がると、すかさず傍《そば》の塀の陰に倒れるように屈み込んだ。菜子を抱きしめて地面に身を縮め、どうか見つかりませんようにと息を止めて祈る。

足音たちは、私の後ろを右に抜けていき、やがて聞こえなくなった。

堪えていた呼吸を再開すると、ゼーハーゼーハーと喉が唸《うな》り続けた。

疲れ切った体で、行く宛もなくとぼとぼと娘の手を引いてしばらく歩いた。

どれくらい経ったか、菜子がお腹が空いたと言うので、通りがかりの鄙《ひな》びた中華料理店に入った。

店内に客は一人もいなかった。菜子がラーメンを注文すると、厨房《ちゅうぼう》でテレビを眺めていた年老いた店主がのそりと動き、黙々と麺を茹《ゆ》で始めた。まもなくして、無言でどんぶりがカウンターの上に置かれた。

「ママは？　ご飯食べないの？」

「うん、ママお腹空いてないんだ」

そう笑いかけると、菜子は安心したように、ちゅるちゅると麺をすすり始める。

だが、ホッとしたのも束の間だった。携帯が振動し、確認するとショートメッセージが届いている。知らない相手からだ。

開いてみると『人殺し』とだけ書かれていた。

どこに逃げても無駄、ずっと誰かが見ていて、お前を狙っている。そう突きつけられている気がした。

「ねえママ。お隣のおじちゃんは、どこにいるの？」

「……え？」

だしぬけの娘の問いかけに、私は面食らった。

「おじちゃん、死んだの？」

「……死んでないよ。病院に入院してるの」

「どうして？」

「……怪我をしたから」

「どうして怪我したの？」

「どうしてって……」

私が口ごもると、菜子は不安げに私の顔を覗き込む。

「なっちゃんのせい？」

「えっ違うよ！　なっちゃんのせいなんかじゃない」

思いがけない言葉だった。娘も娘なりに悩んでいたことをようやく思い知る。

「じゃあ、どうして怪我したの？」

「それは……その……」

混沌《こんとん》とした想《おも》いが溢れ出てきて、もう言葉を処理することができなくなった。

私のしたことで、沢山の人を困らせてしまった。苦しめてしまった。こんな小さな娘まで。全部私のせいなのだ。取り返しのつかない罪を、どうしたら償えるのだろうか。

「……ママ、どうしたの？」

嗚咽《おえつ》が込み上げて、娘に顔を向けることができない。

「ママ、泣いてるの？」

「ごめん、なっちゃん……。ママも、どうしてこうなっちゃったのか……」

菜子は私の腰に手を回し、頭をぎゅうとお腹に押し付けてくる。私もしっかりと娘の肩を抱き、どうにか心を落ち着かせようとした。

しばらくして、また携帯の振動が始まった。なかなか鳴り止まないので仕方なく出てみれば、数週前、時流に便乗して私に連載を依頼してきた別の出版社の編集者からで、この状況で企画が中止になった、との連絡だった。

最早どうでもよく、何も感じなかった。

「ママあ。おうち帰りたい」

「うん……帰ろっか」

頭が麻痺したように、何も考えられなかった。

こんなどうしようもない自分が、この先一体どうやって生きていけばいいのか、皆目分からない。

27

思った通り、マンション前にはマスコミや興味本位の若者たちが何人もたむろしていた。

「おうち入れないの……?」

菜子が眠たそうに寄りかかってくる。疲れたのだろう。早く家に戻って寝かせてあげたい。

「うん……、大丈夫」

私は覚悟を決めた。娘を抱き上げて両手で庇うようにすると、エントランスへ向かって早足で突き進んでいく。

気付いた記者たちがたちまち集まってきた。

「あっ、水沢先生! 一言お願いします!」

「若田さんへの謝罪の気持ちはありますか?」

「ご主人のご病気の件は、ご存じなかったのでしょうか?」

大勢に詰め寄られ、道を塞がれてしまった。四方八方からフラッシュが光り、マイクを突きつけられる。

「ごめんなさい……通してください!」

強引に進もうとした時、誰かに肩がぶつかった。その弾みで持っていたバッグが落下し、ポーチやら手帳やら中の物が路上に散らばった。あたかも自分の内部を人前で晒されているようで居た堪れない。私は菜子を立たせて屈み込むと、無我夢中で私物を掻き集めた。

つと顔を上げると、一台のカメラが菜子を正面から捉えている。

「やめて！　撮らないで！」

咄嗟に叫んでいた。

ちがう。この子は何もしていない。娘の人生を巻き込むのはどうかやめて欲しい。私は必死で両手を伸ばし、カメラに摑みかかろうとした。だが、足が縺《もつ》れてなかなか立ち上がれない。

「お願いですから！　やめてください！　撮らないで！」

カメラを持った男が、チラリと私を見た。私はあらん限りの想いを込めて彼の目に訴えた。男は微かに躊躇の色を見せたが、すぐに視線を逸《そ》らしてしまった。

急に頭が混乱して、ゲシュタルト崩壊のように、今の状況の意味が分からなくなった。私が大勢の見知らぬ人の足元で這いつくばっているのは何故だろう。娘が怯えたように佇んでいるのが見える。それなのに私は今どうしていいか分からない。

そうして数秒か、或いは数分か、しばらく経った気がする。

突然だった。

「コラッ！　何やってんの！」

空から怒号が響いた。

見上げれば、エントランス上部に、隣の女性の姿があった。射るようにこちらを見下ろしている。

まるで、降臨した神のようだった。その迫力に気圧《けお》され、一同はポカンとして言葉を失った。

彼女は風のように階段を下りてきて、目の前に現れたかと思うと、一直線に菜子の元へと駆け寄った。キョトンとしている娘を抱き上げ、周りを見据える。

「こんな小さな子を！　可哀想だと思わないのか？」

一同は水を打ったように空白になっていた。ここにいる誰より、彼女は圧倒的に正しかった。

隣人は、カメラの男に向かって「撮るな！」と一喝すると、娘を抱えたままスタスタと歩き出し、マンションを離れていった。

私も我に返り、慌てて後を追った。

背後から、記者たちが戸惑うように付いてくる。

「……あの、お二人は仲直りされたんでしょうか？」

「若田さん、ひと言お気持ちをお聞かせください」

彼女は頑として振り向かず、菜子を抱いてひたすら早足で進んでいく。その空気を察し、やがて記者たちはいなくなった。

三月なのに空気は刺すように冷たく、霰《あられ》も降り出していた。

私はどうしていいかわからないまま、とにかく彼女を追った。

この人は一体何を思っているのだろうか。私を激しく憎み、軽蔑しているだろう。殺したいと感じているだろう。そんな人に対し、私はこの場で何を言えばいいのだろう。お前に子供を育てる資格などないと言われるかもしれない。このまま娘を返さないと言われるかもしれない。一体どうすれば、私はこの人に赦されるのだろうか。考えれば考えるほど恐ろしかった。

二つ目の角を曲がった。そこで一瞬菜子と目が合い、私は咄嗟に彼女に呼びかけた。

「……あの！　すみませ…」

「何やってんのよ！　アンタは！」

瞬間、怒号が飛んできた。

「こういう時は子供連れ回しちゃダメでしょ！　安全な所に居させときなさいよ！」

「は、はい！　すみません……」

「アタシに謝っても仕方ないだろ！　アホか！」

彼女は私を一瞥《いちべつ》し、「くぁッ！」と吼《ほ》えた。

それから菜子をそっと下ろすと、一人で颯爽《さっそう》と歩いていってしまった。

「おばちゃん！」

菜子が思い出したように呼びかけた。

「おじちゃんは病院にいるの？」

彼女は立ち止まり、つと振り返る。

「……え？　うん。そうよ」

「なっちゃん、お見舞い行ってもいい？」

「いいわよ、もちろん。……今から行くけど一緒に行く？」

「行く……」

菜子は頷いて、それから確認するように私を見上げた。

彼女も私を見た。

私は頷くことが赦されるのか分かなかったが、それでも恐る恐る首を縦に振った。

病院までの道のり、私はずっと彼女の足取りを見つめていた。

一歩一歩踏みしめるような、確かな足取りだった。そこにこの人の長い人生が滲《にじ》み出ている気がした。今まで沢山の苦しみや悲しみを、その足で強く乗り越えてきたのだろう。

自分の不安定な足運びが、どうにも情けなくなった。未熟で愚かな私自身がそのまま表れているようだった。

やがて、川沿いの分かれ道に出た。道祖神がひっそりと佇んでいる。彼女はまっすぐそちらに向かい、道祖神の前で膝をついてしゃがみ込んだ。

脳内に、いつかの記憶が蘇ってくる。

彼女は胸の前で両手を合わせると、供えられていたバナナと菓子を下げた。そうして、自分の鞄《かばん》から新たな菓子の小袋を二つ取り出し、さも大事そうにお供えした。

つまり、そういうことだったのだ――。

鉄の棒で頭をガツンと強烈に殴られた。砕け散った欠片《かけら》が、脳内でボロボロと崩れていく。

私は立っていられず、瞬間的に走り出した。

「あの！　若田さん！」

彼女が、ゆっくりと顔をこちらに向ける。

その目に見据えられることにもう耐えられなかった。恐くて堪らず、私は慌てて顔を隠すように頭《こうべ》を垂れた。

「申し訳ありませんでした……！」

彼女がじっと、こちらを見ているのを感じる。

心臓がどくどくと波打っている。私は顔を上げることができず、このままずっと彼女が歩き出すまで頭を下げているしかないと思った。それで赦されるなどと思っているのではなく、それ以外に為す術《すべ》がなかった。

彼女は少しも動かず、どんな顔をしているのか想像ができない。私はお腹に力を入れ、歯を食い縛った。そうしないと体が震え出して、嗚咽が漏れてしまうだろう。色んなものを堪えて、ただひたすら自分の爪先を見ていた。

28

あの女を赦すつもりなんてなかった。赦せる筈がない。あいつさえいなければ、私たちは毎日を平穏に暮らしていた。私は毎日パートに通い、茂夫さんは英会話をしたり、本を読んだりして。それを奪われたことがとてつもなく悔しかった。どうして私たちには、悲しいことばかりが巡ってくるのか。別に贅沢《ぜいたく》を望んでるわけじゃない。ただ二人で安らかに、慎ましく暮らしていけたらそれでいい。そう思ってずっと踏ん張ってきたのに。それすら叶《かな》わないなんて。もうやり切れない、ああもう駄目かもしれない。これ以上踏ん張れる自信がない。生きる気力を失ってしまいそうだった。それでも朝になって目が覚めると、病院には茂夫さんがいる、行かなければと思って立ち上がり、服を着て出かけていった。意識は戻っていないけど、私が手を握ったり体を摩《さす》ったりすれば、きっと感じているはず。意味があるはず。出来ることを尽くすだけだと思って、どうにか体を奮い立たせた。今日は目を覚ましますように、数値が安定しますようにと、ひたすら祈った。

食べたくないのにお腹は鳴るし、食べれば排泄《はいせつ》もする。息もしている。意思とは関係なく、私の体は勝手に動いてくれるから良かった。そうじゃなければ生きていられない。なっちゃんを助けたのもそうだった。体が勝手に、と言ったらおかしいけれど、自分の意思で動いたとは思えない。あんな気力が自分から出てきたのが不思議だった。

でも、後で分かった。あれは健太だったのだ。

道の神さまの前で、あの女が突然頭を下げてきた。心底腹が立った。今さら謝って何の意味があるのか。赦されようと考えてること自体が本当に憎らしかった。

その頭を思いっきり殴ってやろうと思った。

でも、その瞬間、私は健太に止められた。

目の前に現れた健太が、まっすぐに私を見て、訴えていた。

それで気が付いた。誰かを憎むことは自分を苦しめているだけだって。憎んでも恨んでも後悔しても、時はもう戻らない。心が救われることもない。一層苦しくなるだけだって。健太がそう教えてくれた。私にはあの子がここにいることがはっきりと分かった。ずっと見ていてくれたんだと確かに感じた。ずっと見ていて、悲しみに暮れている私を動かして、ここまで導いてくれたんだって。

なっちゃんには罪はない。母親が苦しめば、その子供も必ず苦しむ。あの子をこれ以上辛い目に遭わせることはしたくなかった。

だから、彼女を赦すことにした。

彼女のためではなく、私たちのために。

29

一ヶ月も経たないうちに、私たちは引っ越しの手筈を整えた。

次の新居は車で三十分ほど離れた別の街だが、実家にはバス一本で繋がっている。

あの人とは、あれが最後になった。あの病院からの帰り道、行き道と同じように黙って後を追っていた私と菜子に、あの人は突然、自分のことを語ってくれた。息子さんを失って、悲しみに暮れ、それでも生きてきたこと。私も菜子も話を聞きながらおいおい泣いて、それを見たあの人も泣き出した。霰《あられ》はもう止んでいて、西の空の雲が赤々と光り、あの人の顔を照らしていた。駅までの道をそのまま三人で泣きながら歩いた。

あれは本当に不思議な体験だった。夕焼けの赤さを浴びていたら、ちっぽけな自分の殻の中で足掻《あが》いているのが、ふいにとてつもなく瑣末《さまつ》なことのように思えてきた。すると鉛のようだった絶望や不安も、あぶくみたいに小さくなって消えていく気がした。

目の前の一日一日を、ただ歩いていくだけだと思った。

数日前、大家さんから電話があり、お隣の旦那さんの意識が戻ったこと、そして、怪我の回復も順調であることを聞いた。私は安堵のあまりヘナヘナと全身の力が抜けて、しばらく動けなかった。

引っ越しを間近に控えた今日、裕一と共に大家さんを訪ねることにした。今回の件について改めて謝罪を伝えるためだ。一時の報道の過熱もあり、この一帯に多くの物件を持つ彼女の家は、少なからぬ被害を被った筈だった。本当に申し訳ないと思う。

大家さんは、玄関のドアを半分だけ開けて顔を見せた。いつものトイプードルを抱いている。顔こそ笑っているものの、心は一切笑っていないのが分かる。きっと、目尻を下げたこの顔が彼女の人生なのだろう。

「ま、この状況じゃお宅の方も居づらいでしょうし、早めの方がいいわね」

そう残して、あっけなくドアは閉められた。

帰り道、裕一は相変わらず黙ったまま、私の少し先を歩いていく。

長い坂道に差しかかった時、私は意を決して彼を呼んだ。

「裕ちゃん！」

徐々に離れていく後ろ姿に、勇気を出して言葉を続けた。

「裕ちゃんの言う通りだった！　私自分しか見えてなかった。他の人の気持ちも、一番大事な家族の気持ちも、考えられてなかった」

裕一と私が出会う前の、まったく赤の他人だった頃を思い出す。いま、少し先を進んでいく男性は、その時の彼だと思った。

「本当に後悔してる！　反省してる！」

丘の下から吹き上げる強い風で、いくら声を張り上げても、そっくりかき消されてしまうようだ。

立ち止まって欲しい。どうか振り返って欲しい。

「裕ちゃんと菜子と家族でいたい！　失いたくない！」

一歩、一歩と小さくなっていた背中が、そこでゆっくり止まった。

視界が一気に涙で霞む。

こちらに向けられる彼の顔をしっかりと捉えようと、私は目を逸らさず、瞬《まばた》きも必死で我慢した。

30

それから数日後。この古い部屋は、約半年前にここへ来た時のような空っぽの状態となっている。

外はもうすっかり春の空気だ。お昼前、家中の荷物を積んだ引っ越し業者を送り出してから、いよいよ私たち三人もここを出る。

玄関で菜子に靴を履かせていると、ふと、セピア色に熟した香りがツーンと鼻を突いた。

思わず、あ、と手を止める。いちばん初めにこの部屋に足を踏み入れた時のように、チクリと脳の奥が刺激される。タイムスリップの扉を開けたような、あの瞬間の感触が蘇ってきて、私はつい立ち上がった。

その時だった。

ドン……！　ドン！　ガーン！　ドーン！

ベランダの方から耳慣れた音が響いてきた。

この半年間、私をとんでもなく悩み苦しませてきたあの騒音——である筈が、そうではなかった。いま私の耳に届いているそれは、信じられないことに、もはや騒音でも何でもない。恐ろしさも忌まわしさもない、凡々たる音に過ぎないのだった。

私は、はたと気が付いた。

ああそうか。

きっとこの音は初めから変わらない。単に私が変わったに過ぎないのだ。理解できないものをただ恐れ、間違っていると決めつけてしまっていた私が。

急に、何とも言えぬくすぐったいものが腹の底から渦を巻くように湧き上がってきた。それは塊となってもくもくと膨れ上がり、強烈な切なさと温かさで、身体がいっぱいになった。私は笑いが止まらなくなり、同時に涙も止まらなくなった。夫と娘は、そんな私をただじっと見つめていてくれた。

ひとしきり泣いて笑うと、心がスッとして透明になった気がした。私は照れながら、「ごめん、いこっか」と二人に告げ、彼らの後に付いて部屋を出た。

最後にドアを閉める直前、しばし目をつむって、鼻から思いっきり部屋の空気を吸い込んだ。

自分がいま感じている全てのことを、この懐かしい香りと共に、私の脳みそと身体に刻み込むために。

あとがき――「表現」について抱えるジレンマ

私はSNSが苦手だ。その理由は、自分が発した一言が、誰にどう伝わるかを気にし過ぎてしまうから。短い一言を呟《つぶや》くのに何十分もかかったり、呟くことを一度下書き保存して後で見直してから投稿する、という冗談みたいなことを本気でしている。用途としても、自作品の宣伝などがメインになっており、世間一般で普通に使われているように日々感じたことを投稿したり、気軽に自分の意見を述べたり、などという使い方が到底できそうにない。

自意識過剰といえばそうかもしれないが、自分ではそれだけ「表現」に対するこだわりが強いのだと感じている。私は、表現したものを世の中に発信するために、人一倍の覚悟とエネルギーを必要とするらしい。頭の中で考え抜いた末に、「これなら表現してよし」と心がお墨付きを与えたものしか出すことができない。

それはたとえば「映画」という形だったり、今回でいえば「小説」という形だったりする。いずれにしても、ある程度の時間と労力をかけて築きあげるものになる。

けれど、それだけ考え抜いた末に出したものですら、他人に感想を聞くと予想外の疑問を突きつけられたり、意図したのとは違う方向で受け取られていたりすることが、少なからずある。そして「もっとこの点を意識すべきだった……」みたいな後悔が必ず生まれる。勿論それは然るべきことだと思っており、一定の批判や誤解は承知の上で世の中に出している。ただ、不特定多数に向けて発信する以上、そこに責任が伴っていることも忘れてはいけないと肝に命じる。

ペンは剣よりも強し、という言葉が万人のリアルになっている。二〇二〇年、コロナウイルスの影響で世の中が異様な空気に包まれていた自粛期間中、SNSの誹謗《ひぼう》中傷が著名人の自殺を招く事件が起きた。「ミセス・ノイズィ」の映画のシナリオを書き始めた五年前当初から感じていたことが、いよいよ現実に私たちに迫ってきている気がした。言葉には、人を死に追いやるまでの力が実際にある。

アナログ時代では、特別な立場にない限り、私たちの声は半径五メートルの身近な範囲にしか届かなかった。でも今は、誰もが地球の裏側にも自分の声を届けることができる。そして見知らぬ誰かを傷つけたり、逆に自分が会ったこともない人に自分の人生を狂わされたりすることも、この小説の中のような出来事も含めて、沢山ある。他人の言葉をリツイートしただけで名誉毀損に当たることも裁判で認められている。

一方で、偶然の「表現」と出会うことは、確実に人生を豊かにする。私はこれまで、知らない誰かが表現したものを目の当たりにして、涙が止まらないほどの衝撃を受けたり、人生観が変わるような体験をしてきた。だからこそ、「表現」に向き合うことに、自分が生きる意味を見出したいと思っている。

スクロールが追いつかないほど、毎日沢山の誰かの声が届いてきて、読み物も映像もかつてないほど世に溢れ、生まれては消えていく。私はそのあまりの多さに圧倒され、時々身動きが取れなくなる。もう辟易《へきえき》して、目も耳も閉ざしたくなる。

だがこの社会でやっていく以上そうも言っていられない。やはり、大事なのは取捨選択しかない。発信するにも、受け取るにも、自分が意思を持って取捨選択していかなくては、情報の海の中で息ができなくなる。

私はきっと、「表現」に対して人一倍強い憧れやこだわりを抱いているからこそ、それを出すのも受けるのもしんどくて、その反面、何にも変えられぬ生きがいにもなっているのだ。きっと、この先もずっと抱え続けるジレンマなんだろう。

今回、私が表現したこの小説や映画が、知らない誰かにたまたま選び取ってもらえることとは、とても奇跡的なことだ。こんなあとがきまで、時間を割いて読んでくださった方がいれば、もうその出会いに感謝しかない。

無数にある小説の中から、本書を手にしてくださった方、そして、私にこのような表現の機会を与えてくださった多くの方々に、この場をお借りして感謝を申し上げます。本当にありがとうございました。

本書は映画『ミセス・ノイズィ』をノベライズした作品です。
本作品はフィクションであり、実在の個人・団体とは一切関係がありません。
（編集部）

実業之日本社文庫　最新刊

実業之日本社文庫　好評既刊

西川美和
映画にまつわるXについて
『ゆれる』『夢売るふたり』の気鋭監督が、映画制作秘話や、影響を受けた作品、出会った人のことなど鋭い観察眼で描く。初エッセイ集。（解説・寄藤文平）
に41

西川美和
映画にまつわるXについて2
小説と脚本の違い。子役との撮影。主演俳優の自意識——大ヒット作『永い言い訳』公開までの苦闘の五年間を濃密な筆致で綴る、人気映画監督のエッセイ集！
に42

新津きよみ
夫以外
亡夫の甥に心ときめく未亡人。趣味の男友達が原因で離婚されたシングルマザー。大人世代の女が過ごす日常に、あざやかな逆転が生じるミステリー全6編。
に51

原田マハ
総理の夫 First Gentleman　新版
42歳で史上初の女性・最年少総理大臣に就任した妻と、鳥類学者の夫の奮闘の日々を描いた、感動の政界エンタメが装いも新たに登場！（解説・国谷裕子）
は43

原田ひ香
三人屋
朝・昼・晩で業態がガラリと変わる飲食店、通称「三人屋」。経営者のワケあり三姉妹と常連たちが織りなす、味わい深い人情ドラマ！（解説・北大路公子）
は91

森 達也
メメント
人気ドキュメンタリー作家が死を想い、生を見つめること。大切なのは生と死を綴ったロングエッセイ。文庫版には、東日本大震災後に執筆の新章を収録。
も21

実業之日本社文庫 あ25 1

ミセス・ノイズィ

2020年12月15日　初版第1刷発行

著　者　天野千尋《あまのちひろ》

発行者　岩野裕一
発行所　株式会社実業之日本社
〒107-0062　東京都港区南青山5-4-30
CoSTUME NATIONAL Aoyama Complex 2F
電話［編集］03(6809)0473［販売］03(6809)0495
ホームページ　https://www.j-n.co.jp/
ＤＴＰ　ラッシュ
印刷所　大日本印刷株式会社
製本所　大日本印刷株式会社

フォーマットデザイン　鈴木正道（Suzuki Design）

ISBN978-4-408-55630-7（第二文芸）